初めて迎えたグレートデン、アルマン

2匹目のグレートデン、マックス

理想のブルドッグ、まる子

まる子とその子どもたち

まる子と長女の水遊び

イギリスから輸入したプリン

那須どうぶつ王国でハクトウワシ飛翔

コミミズクの飛翔

ハヤブサ幼鳥の巣立ち（5月下旬）

コウノトリ飛翔

水中にダイビングして魚をつかみ、飛ぶミサゴ

日本最大の猛禽オオワシ、中禅寺湖で漁をする

アカヤシオツツジ（5月中旬）

富士山頂・剣が峰（3776m）から望むご来光

日光白根山（2578m）・単独登山（９月下旬）

上高地・早朝の河童橋（10月中旬）

晩秋の行道山浄因寺

那須・姥ヶ平の秋

富士山（3776m）を展望する（11月下旬）

冬の男体山（2486m）・単独登山

浅間山（2568m）２月の展望

フレンチブルの小太郎と風子

孫たちとスキー

最愛の妻、恭子

犬と自然は、生涯の友

永山 巖

文芸社

はじめに

いつのまにか八十歳となり、このあたりで一度、人生の棚卸しをしてみようと思い立った。

振り返ってみると、簡単なようで簡単ではなかった私の人生——。

高校二年のときに父が亡くなり、東北大学法学部に入学したのも束の間、肺結核に倒れた。二年間の入院を経て大学に復学、一年後には家を出て経済的にも自立し、奨学金と家庭教師で得た収入を頼りに必死に生き抜いた。

この学生時代が私の人生で最も苦しい時期だった。

しかし、今思うと、この苦しかった時代があったからこそ、健康のありがたさを知り、周りの人々の温かさも知り、囲碁も覚え（?）、すべてが私の人生の糧となった。

その後もたくさんの出会いがあり、別れがあった。

私にはどの出会いも別れも忘れがたく、思い出すと胸が熱くなる。それは人にかぎらず、犬も同じだ。

今から二十二年前の平成十四（二〇〇二）年九月、栃木県下都賀郡市医師会が発行する『医師会報』に連載させていただいた原稿をまとめ、犬を通じての自分史とも家族史ともいえる『ブルドッグにたどりつくまで』（丸善プラネット株式会社）を上梓《じょうし》した。

本書はそれを改編するとともに、第一章に私個人の人生、第二章に犬との暮らし、第三章から六章は自然との触れ合いと、そこで私が出合った出来事についてまとめている。

こうしてみると、医師として診療に励みながら、家族を愛し、犬や大自然を愛した私の人生がくっきり浮かび上がってくる。

その背後に見えるのは、たくさんの温かな笑顔だ。皆さんが私の行く道を明るく照らしてくださったから、今の私がある。

これまでお世話になったすべての方々に、この場を借りて改めて厚くお礼申し上げたい。

目次

第二章　いつもそばに犬がいた　77

第六章　猛禽類に魅せられて　227

第一章

支えられ助けられて今

●優しかった父を想う

「キノコ採りに行ってくるから」

父はオートバイの後ろに私の弟、久《ひさし》を乗せると、ゆっくり走り始めた。うらやましくてたまらず、私はオンボロ自転車で必死に追いかけた。

夏の太陽が容赦なく照りつけ、滝のように汗が流れる。当時、国道以外は舗装されていなかったので、二〇キロ離れた丸森《まるもり》にようやくたどりついたときは、汗まみれのうえ、ほこりまみれであった。

いざ、キノコを採ろうとしたとき、私は困惑した。食べてもいいキノコと毒キノコの見分けがつかないのだ。なので、私が採るのは、食べると下痢しやすいホウキタケばかりだった。それしか見知ったキノコがなかったから、いたしかたない。

そのあと、不動尊の裏を流れる川で弟と一緒に泳いだ。澄みきって、手が切れるような冷たい水だった――。

　夏休みが終わろうとする頃の懐かしい思い出だ。

　私は小学六年、久は二年だった。


　父は六人兄弟の末っ子の久を最もかわいがっていた。私は下から二番目の四男で、二歳違いのすぐ上の兄も、勉強も運動もよくできて、父のお気に入りだった。この二人に挟まれ、私はいつも彼らに羨望のまなざしを向けていたように思う。でも、私から見ても弟はかわいく、兄は優秀で、うらやましい一方、自慢でもあった。

　父は宮城県庁の土木課に勤務し、海岸の岸壁工事や山奥の橋造り、土地改良事業などに携わっていた。

　私が十歳の頃だったろうか、いきなり父が切り出した。

「知人によい犬を飼っている人がいる。頼めば柴犬かイングリッシュセッターの子犬をもらえそうだ」

　幼い頃から大が犬好きだった私は、跳び上がるほどうれしく、興奮した。

　ところが、母は血相を変えて猛反対するのだった。

「私は犬は大嫌いです。父さん、絶対にもらってきては困ります。だいたい子どもが六人もいるんですからね。犬に食べさせるものなんて全然ないんですからね」

こう言われては、引き下がるしかなかったのだろう、父は何も反論しなかった。犬と暮らすという私の夢は、一瞬で砕け散ったのである。

父は母の機嫌のよさそうなときに二、三度話を蒸し返したが、そのつど激しく反対され、やむを得ず断念したようだ。いつしか犬の話は出なくなった。

私の脳裏には、父が飼おうとした柴犬やイングリッシュセッターがどんな犬なのか、もっと詳しく知りたい、という熱い思いが焼き付いたのであった。

そして昭和三十五（一九六〇）年七月、私が高校二年のとき、突然父はこの世を去った。隣町にある役所まで毎日自転車で通勤していたのだが、たまたま降りて押していたときに、居眠り運転のトラックに撥ね飛ばされたのである。まだ五十一歳という若さであった。

役所の仕事に精を出し、休日には寸暇を惜しんで小さな畑作りをして家計を支えていた父――。がんばりやで、厳しくも優しい人だった。

あれから六十年以上の月日が流れた今も、あの頃のままの父が、柴犬やセッターの頭をなでる笑顔や物腰を、私は容易に想像できる。

現在、犬を飼育できる自分の幸せを噛《か》み締めるとともに、父にも飼わせてやりたかったと、優しかった父を懐かしく思い出すのである。

あんなに犬を飼うのを嫌がっていたはずの母も、七十歳を過ぎた頃、私が探して買い求めた黒の柴犬をすっかり気に入って、毎日田んぼの畦道《あぜみち》を散歩するようになった。

年月が人を丸く変えていく力と、犬が本来持つ信頼をもって人を変えていく力を思わずにはいられない。

●自分に愛想が尽きた十八歳の春

私が高校三年に進級した昭和三十六（一九六一）年の春、すぐ上の兄は東北大学の文学部に進み、その夏から家を出て、仙台の北にある小牛田《こごた》という町の農家に下宿することになった。そのため、それまで二人で使っていた四畳半を、私ひとりで使えるようになったのは嬉《うれ》しかった。家は昔の官舎造りだったから、古いながらも出窓がついており、そこに座って外を眺めるのは私のお気に入りの時間だった。

庭には、無花果《いちじく》、柿、桃、梅、りんご、オランダイチゴなどが植えられていた。亡き父が子どもたちに食べさせようと植えていたものであった。

受験勉強も追い込みに入ったその年の十二月の日曜日、突然高校の同級生で隣町に住む柔道二段、応援団副団長の庄司《しょうじ》君こと愛称ドンちゃんが、ダンボール箱を大事そうに抱えて私の部屋にやってきた。そっとふたを開けると、なんと白地に所々こげ茶のまだら模様の入った雄の子犬がもそもそ動いている。

犬好きな私のために、ドンちゃんが近所で生まれた子犬をもらってきてくれたのだった。サモエドが混じった雑種だという。なんでこんな田舎《いなか》にサモエドが？　とは思ったものの、私は自分が受験生であるのも忘れ、犬を飼える幸福感に浸った。

もちろん母は激怒して、「すぐに捨ててこい！」といったんは私に命じたが、子犬のかわいさの前にはひとたまりもなかった。子犬は「バン」と名付けられ、夢に見た犬との暮らしがスタートしたのであった。

バンはすぐに家族になついた。いじいじしたところが全くなく、向かいの家で飼われていたシロという名の雑種の犬のところに走っていっては遊んでいた。私や母が大声で「バン、バン、戻っておいで、バン、ごはんだよ」と叫ぶと、丸くなって一生懸命駆け戻ってくる姿は、まさにかわいさのかたまりだった。

縁側に座らせてバンの前に鏡を置くと、鏡の中の自分に「ウー、ワン、ワン」と何度も吠《ほ》えかかる姿も、家族の笑いを誘ったものだ。

しかし、この嬉しく楽しい時間はひと月しか続かなかった。

父の死去により、県北で中学の教員をしていた長兄が、隣町の中学校教員となり、家に戻ってきてくれたのだが、このままでは弟は到底大学に合格できないと見抜いたのだ。

「バンはよそにあげる。そのかわり、巖《いわお》が首尾よく大学合格を果たしたら好きな犬を飼ってやるから」

母には通せたわがままも、父代わりとなり、家計を支えるために帰ってきてくれた長兄には通せない。一月中旬、バンは、すぐ上の兄が下宿していた小牛田町の農家にもらわれていった。

しかし時すでに遅く、私は大学入試に見事失敗し、一年を棒に振ることになってしまった。でもこの失敗は、決してバンのせいではない。私の入試に対する心構えの未熟さを思い起こせば、バンがいなくても失敗したであろうことは言を俟《ま》たない。

初めての大学入試は、私の通っていた仙台一高が試験会場だったので、親しい五、六人の同級生たちとともに受けた。鼻息荒く、仲間たちと少しでも早く答案を出して教室を出るのがなんとも気分よく、「オイ、もう出ようぜ！」と小声で声をかけ、「オーッ」と揃《そろ》って教室を出る。

そして保健室へ行き、養護教諭の先生に「先生、お茶、お茶」と言って椅子《いす》に座り、あの問題はどうのこうのと偉そうにしゃべり合ったものだ。

その結果、高校の担任の先生から「まあ、だいじょうぶだろう」と言われていたはずの仲間全員、揃って不合格となったのだった。

私はなんと自分に対して甘かったことだろうか。あの頃を思い出すと、今でも冷や汗が出てくる。当時はまだ高校の先輩、井上ひさし氏の『青葉繁れる』の時代から受け継がれたバンカラの気風が多分に残っていたから、こんなことも起こり得たのだろう。とはいえ、父が他界し家計も苦しいのに、自分の自覚のなさに愛想が尽きたものだ。

●結核に倒れ死を意識した日々

昭和三十八（一九六三）年四月、一浪の末、私は東北大学法学部に進んだ。将来は裁判官になろうと考えていた。柄にもなく、人を裁くという最も困難な道に携わりたいと、そのときは真剣に思っていたのだった。

ところが、思いもよらず結核に罹患《りかん》し、しかも風邪だと思い込んで治療が遅れたために、二年間も入院するハメに陥ったのである。

その年の一月中旬から空咳《からせき》と微熱、寝汗が続き、身体もだるかった。やむを得ず二月中旬、町内で開業したばかりの近所で評判の医師を訪ねた。東北大学医学部出身という噂《うわさ》のM先生は、私の高身長をほめてからレントゲンで私の胸をチェックし、「だいじょうぶ、ただの風邪だ」と言った。これがとんだ間違いだったのだ。

M先生は、身長一八六センチという、私の見かけにだまされたのかもしれない。

こうして私は風邪と思い込んで勉強を続け、東北大学に合格したのである。このだるさは一年間の受験勉強で身体がなまったせいだろう、まずは体力を取り戻そうと、私は友人とともにバスケット愛好会と陸上競技部に入部した。

高校時代も陸上競技部で、三年生のときには、走り高跳び、三段跳び、一一〇メートルハードルの三種目で宮城県代表になり、東北大会に出場した。

その高三の夏から一年半ぶりに陸上競技場に戻ってこられたのは、嬉しいかぎりだった。

ところが、練習を続けるにつれて、どんどん練習中の咳は激しくなり、疲労と呼吸困難が加速度的に増大していくのには愕然《がくぜん》とした。そのうえ、帰路の競技場から市電の乗り場まで続く二〇〇〜三〇〇メートルほどのゆるい坂道を上りきれなくなり、途中、石に座ってハアハアゼイゼイし、また立ち上がってよろよろ歩くというふうになっていった。それでも、こんなに身体はなまっていたのか、としかこの時点では思わなかった。

五月初めに大学の身体検査が行われ、結果は大学の掲示板に張り出されることになっていた。この頃は毎日の勉強と部活で頬はこけ、だるさはつのり、朝目覚めるとぐっしょり寝汗をかくようになっていた。

そして五月二十四日の夜、入浴中にガハッと咳をしたとたん、口を押さえた手のひらに鮮血が散った。翌日、よろよろと大学に行くと、掲示板の「精密検査を受けるべき者」の中に自分の名前があったのは、まことに衝撃的だった。わずかな希望は打ち砕かれ、これは大変なことになったのかもしれない、という大きな不安で胸がいっぱいになった。

忘れもしない五月二十五日、私からの電話で駆けつけてくれた姉に付き添われ、私は東北大学の附属病院を受診した。排菌の可能性が高い、つまり結核との医師の判断で、東北大学附属抗酸菌病研究所に即日入院することになった。

当時はまだ結核は死病と呼ばれ、恐れられていた時代だ。

「よりによってなぜ自分が……」

という思いと、予備校で近くに座っていた生徒がゴホゴホ咳ばかりしていたことが思い出され、「ああ、あいつから感染させられたのか」と考えたり、「どうせこうなるなら、せめて竹久夢二が描くような、そこはかとない美しい女性からうつされたかったなぁ」などという、おめでたい考えも胸をよぎった。

病室の壁にはシュバイツァー博士の顔を大きく写したポスターがかけられており、表題は「Ehrfurcht vor dem Leben.（生命への畏敬）」、そして「Ich bin Leben, das leben will, ich bin Leben.（私は生きんとする生命である）」という言葉が書かれていた。

もう将来の夢は絶たれたが、それでも生きていかねばならんのかなぁ。健康は失って初めてその大切さがわかるというが、ホントそのとおりだなぁ――、などと馬鹿みたいに殊勝に考えつつ、このポスターを眺めたものだ。

そして入院中にできることというと、読書しかなかった。私は夏目漱石や森鷗外、堀辰雄、ヘルマン・ヘッセ、ゲーテなどの著作を読みあさった。最も心を揺さぶられたのは、夏目漱石の作品である。特に『草枕』に私は深い感銘を受けた。冒頭の「智に働けば角が立つ。情に棹《さお》させば流される。意地を通せば窮屈だ。とかくに人の世は住みにくい」は、人間の真実を見事に言い当てている。今でもこの冒頭部分は鮮明に脳裏に焼きついている。やがて、拙いながらも俳句や詩を書くようにもなった。

こうして一年半が過ぎたとき、院長の岡捨巳教授は、早く退院させようと、私の手術を決断した。その準備として、耳たぶを切って止血時間を見る検査が行われた。血が止まりやすいかどうかは、人によって異なる。私は平均的な人の五、六倍もかかった。

結核病棟では次々に入院患者が亡くなり、手術でも多くの人が命を落としていた。私も手術で死ぬ可能性が高いと思ったが、教授が決めたのだから覚悟するしかなかった。

この頃、私は自分の心境を託した俳句を詠み、投句した。

水の面の木の葉にありし野分かな
手術控えしみじみ草を摘む日かな

刻々と手術の日は迫り、いよいよあと一週間となったとき、前院長の海老名敏明名誉教授の回診があった。海老名名誉教授は結核の世界的な権威で、月に一度ぐらい現れ、若い先生方から入院患者一人ひとりの状態を聞き、「その治療法でいいだろう」とか「いやちょっと待て、この患者はこういう方針で」などと指示を出していた。

私の番が来て「一週間後に手術です」と若い先生が言うと、海老名先生はなぜか押しとどめた。

「待て、手術はやめよう。あと半年入院を延長し、退院後も三年間は通院させよう。それでいけ」

今思うと、抗結核薬のおかげで両方にあった病巣が片方に絞られたうえ、止血に時間がかかる体質ということもあり、この若者は手術するより温存したほうが生き延びる確率が高い、と判断されたのではないだろうか。

土壇場で手術は中止となったのである。おかげで私は命拾いした。

退院が半年延びたので、私は暇つぶしに囲碁の本を読むようになった。これがなかなか面白く、ぐんぐん引き込まれていったのである。

蛇足ながら、前述の二句は一か月後に河北新報の俳句欄に掲載された。私の人生にも一瞬、文学的才能（？）がかいまみられた時期があったのだ。でも喜んでいる場合ではなかった。二年間も病に伏して、もう自分の未来は絶望的だ。暗澹《あんたん》とした気分であった。

●温かな先生方に支えられ

昭和四十（一九六五）年春、私は退院した。あれほどこじれた状態から回復できたのは、まさに医学の進歩のおかげである。もしも私がもう少し前に生まれていたなら、病院の表玄関から出てくるのは不可能だったに違いない。

的確な判断をしてくださった、海老名名誉教授にも感謝しなければならない。また高校時代の先生方が動いてくださり、政府の補助金制度もあったので、治療費を払わずにすんだのも助かった。

退院の日も、高校時代の養護教諭、菅野民先生の夫君である達三氏が、船岡《ふなおか》の実家まで私を車で送り届けてくださった。そのうえ菅野先生ご夫妻が飼育していた雌のエアデールテリアを、四十日間貸していただけることになった。

「これからは毎日散歩して体力をつけていかなくっちゃなんないよ。こいつと散歩することが、犬好きの君には何よりのリハビリになるだろう」

この犬の名前は「ピンキー」といった。私は知らないが往年の名女優にピンキー・ピンカムという人がいたそうで、その名にあやかったのだという。菅野先生宅には三人の小中学生のお嬢さんとピンキーのほかに白黒ブチの子猫もいて、子猫は抱きつくと離れないところから「ワッペン」という名がつけられていた。温かくて、何度も訪ねたくなるような、そんな家だった。

それにしても、ベッドに寝てばかりの丸々二年間の入院で、今度こそ本当になまった身体が日常生活に慣れるまで、大変な時間と努力を要した。田んぼの畦道を歩くことから始めたが、四十〜五十分歩くともうくたびれて二、三時間眠る、という具合だ。

すぐ復学したが、船岡から仙台の大学まで毎日通学するのは到底無理で、すぐ上の兄と担任の高橋富雄先生（日本史学者）の協力を得て、大学の先生方の研究室を訪ね歩いた。

「先生の授業に出られないことも多いと思いますが、試験をなんとかレポートにしていただけないでしょうか」

何人かの先生方は「授業に出られないぶんはレポート提出にしてあげるから、体力をつけつつ自分で勉強するように」と配慮してくださったが、厳しい先生もおられた。

「授業に出られないようなら、もう一年休学すべきでしょう。それが当然でしょう」

こういう先生の講義は、できるかぎり出るようにした。

一方、優しい先生の講義はときどき出席し、レポートを提出した。

ある先生は、私がレポートにしてほしいと頼みに行ったとき、こうおっしゃった。

「わかった。君の言うとおりにしよう。そのかわり君のレポートは八十点満点で採点するからね」

この先生から、翻訳の課題を出されたとき、私はただ単に翻訳するだけではなく、そのテーマに対する感想や今の自分の考えなどを、英文で書いて提出した。その先生は私を呼び出してこうおっしゃった。

「君は翻訳だけじゃなくて、自分で考えてこういう英文のレポートを出してきた。君の採点は百点満点でつけることにしました」

こんな温かい先生のおかげで、私は少しずつ大学生活になじんでいった。

夏休みには、二年前にもらわれていったバンに会うために、小牛田町の農家を訪ねた。行ってみてわかったのだが、この農家、岩住さん宅は豪農とも呼ぶべき立派な格式の家だった。バンは屋敷内に放し飼いにされており、柴犬をひと回り大きくした胸の深いたくましい犬に育っていた。すぐに思い出したのか腰を低くし、尾を振りちぎり、私を大いに喜ばせたのである。

それは私の勘違いではないようだ。岩住のおばさんもこう言った。

「バンは性格がよぐってねぇ、郵便配達の人以外は、けっこう誰にでもしっぽ振るんだでば。でもね、今日の巖さんに会ったどぎの喜び方はいづもど全然違ってだよ。やっぱりおぼえでだんだねぇ。郵便配達の人には吠えるんだげど、あれはきっと、わだしらが見でないどぎにバンを蹴飛ばしたりしたんだと思うね」

私はバンを連れて近くの丘に登り、吹き抜ける風に身を任せた。道の両側の腰の高さに生い茂った雑草も風になびいていた。

昭和四十（一九六五）年の夏の午後、私とバンが触れ合った最後の一日だった。

●囲碁の才能開花？

復学して一年ほどは、大学に通うのは週三日ぐらいにして、家で勉強しながら体力の回復に努めた。ピンキーとの散歩もその一環で、私ひとりで家の周りの田んぼや畑の畦道を歩くこともあった。

余った時間に、入院中に覚えた囲碁の本を取り出し、父の形見となった碁盤にパチリパチリと石を並べた。

そんなある日、隣町で囲碁大会が開かれると聞き、自分は今どのくらいの強さなのか知りたくなり出てみた。それまで私は本を見て石を置くだけで、誰とも対局したことはなかった。会場には三十人ほど集まっていただろうか。年配の方ばかりであった。驚いたことに、私は一回戦、二回戦、三回戦と勝ち進み、決勝戦に出ることになったのだ。負けた人たちは皆、私たちを取り囲んで、固唾《かたず》をのんで勝負の行方を見守っている。そのうちの一人が、私の対局相手に言った。

「なんか、やばいな。うまい打ち方をされてるね」

「そうなんじゃよ。これはもうなかなか勝てないなと思いながら打ってたんじゃ。わかった。ここで私は投げます」

なんと相手は投了したのである。つまり私が優勝し、ひょっとしたら自分は初段ぐらいの実力があるのかもしれないと思いながら、賞品の座布団四枚を抱えて、バスで帰った。

ちょうどその頃、高校時代の恩師、佐々木慶市先生から電話が入った。

「おまえ、今何しとるんだ?」

「はあ、散歩して体力つけながら、ときどき囲碁を打ってます」

「何？　囲碁？　おまえどのくらいで打っとるんだ」

「はい、覚えてやっと一年半ぐらいになります。初段で打っています」

「ほーっ、そりゃ知らんかった。俺のとこへ遊びに来いや。碁を打とう。わしゃ日本棋院の三段なんじゃ」

　ということで対局することになった。

　佐々木先生は高三のときの担任で、仙台一高の名物先生の一人だった。日本史を教えておられたのだが、実に魅力的な講義で、クラスのほとんど全員が先生の授業を楽しみにしていた。

　ヒゲを生やした風貌が蔣介石に似ていたとの噂から、生徒たちに「ショウチャン」というあだ名で呼ばれるようになり、敬愛されていた。

　私たちが卒業した二年後に東北学院大学へ助教授として転任されたのだが、私が肺結核に倒れたときも大変心配して、見舞ってくださったのである。

　昭和四十一（一九六六）年三月三十一日、ご自宅を訪ね、囲碁の対局が実現した。三月末の仙台はまだ寒く、先生はご自宅にたったひとり、丹前姿でしょんぼりしていらっしゃるように見えた。

「実は数日前に客が来てなぁ、その客を泊まらせたもんで、家内が子どもたちの二段ベッドの上の段に寝たんだが、夜中に寝ぼけて落っこちてな。鎖骨を折って入院しとるんだよ」

「エーッ！　そうだったんですか……。早く退院できるといいですね」

先生は、その丹前姿のまま正座して碁をお打ちになる。太っておられたから、碁盤がやけに小さく見えた。碁盤の前での先生は、学校で見知っていた豪放磊落《ごうほうらいらく》さとは打って変わって、礼儀正しい神妙な姿になられるのであった。これは先生が囲碁を単なるゲームや遊びととらえず、棋道として、つまりひとつの道としてとらえておられたからだろう。

二子局の緊迫した戦いとなったが、結局、私が三目という微細な勝利を収めたのだった。

この後もショウチャンとの交流は続いたが、二回目の囲碁の対局までには、三十五年という長い月日を要したのである。

●人の恩・社会の恩を実感

一年間のリハビリを経て、大学二年に進級するにあたって、私は実家を出て仙台で自立することにした。大学のそばに下宿し、経済的には日本育英会の奨学金と家庭教師の収入に頼った。

父が他界してすぐに日本育英会に申請し、私は高校二年のときから奨学金を受けていた。当時、育英会の奨学金は一般貸与と特別貸与の二種類あり、高二のときに得ていたのは一般貸与奨学金である。高三になったときに、特別貸与奨学生の試験を受け、幸いにも通った。特別貸与は一般貸与の三倍も貸してくれ、返済は一般貸与と同じ額でよいという、非常にありがたい制度であった。この特別貸与奨学金をもらえることになったので、大学に進学してもなんとかやっていけるだろうという目算が立ったのだ。

父のいない身に、育英会の奨学金は実にありがたかった。

日本育英会の新聞に、竹中育英会の創始者である竹中工務店の相談役、竹中藤右衛門氏（昭和三十六年に竹中育英会を設立、昭和四十年八十九歳没）が次のような趣旨の寄稿をされていた。

「私は古い人間なのか、『雨土の恵み　社会の恩』という言葉を忘れることができない。それが竹中育英会を発足させた所以である」

これを読んで以来、この言葉は私にとっても忘れられない座右の銘となった。

父が亡くなり、大学に進学してすぐに結核に倒れ、復学して卒業するまでが、私の人生の中で最も苦しい時期であった。これをどうにか乗り越えられたのは、周りの方々の支えと、この奨学金のおかげである。

一方、家庭教師は、月、水、金と週三回教え、夏休みや春休みは、自分なりに知恵を絞り、特訓という名目で十日間連続で教えた。こうして途切れなくアルバイト代が入るように工夫したのである。

また、下宿は七十代のおばあちゃんが営んでおり、八畳間をカーテンで区切った四畳間という狭い空間であったが、二食付きでとても安く置いてくださった。

私は朝晩お線香をあげているが、今でも必ずこのおばあちゃんの名前も読み上げ、感謝を忘れないようにしている。

こうして自活の目途もつき、二年時には大学の囲碁部にときどき顔を出して打つ囲碁、同人誌に参加しての詩作や俳句作りなどを楽しんだ。

大学三、四年時は、専門の勉強にも力を注いだ。育英会の奨学金をもらえるのは四年間だけだ。一年の留年も許されない。私は本腰を入れて勉強した。

そんなひたむきな姿勢を買ってくださったのだろうか。名著『債権各論講義』を著し、日本民法界で絶賛を博した広中俊雄教授に特に目をかけていただき、先生のご自宅にも何度もお邪魔し、公私ともにお世話になった。

先生も性格のよい、雑種の小型犬「ロン」をかわいがっておられた。白い犬だったが片目の周りが黒いので「片目のパンダ」とも呼ばれていた。私にもなつき、決して吠えなかった聞き分けのいいワンちゃんだった。

広中先生は、父のいない私にとっては第二の父ともいえる存在で、大学卒業後も夫人とともに私を支え続けてくださったのである。

結核という診断が下り、手術が一週間後に迫ったとき、私は死を意識した。だがたくさんの人に支えられ、奇跡的に健康を取り戻したのだから、これからは社会や周りの人たちに恩返ししていかなければならないと、心に誓ったのであった。

●全日空に入社しアウトドア派に

昭和四十四（一九六九）年三月、大学卒業とともに私は全日空（全日本空輸株式会社）に入社した。肺結核に罹患したとき、もう自分の未来は絶たれたと思ったものだが、闘病の二年を含め六年かかって卒業した私を採用してくれる会社があった。世の中捨てたものではない。広中先生の書いてくださった推薦状が、全日空のトップに好感をもって受け入れられたのかとも思う。

全日空には昭和五十二（一九七七）年三月まで、丸八年間勤務することになる。

最初の数年間はもちろん夢中で過ぎた。仕事と、法学部出身を買われて労働組合の役員をやるかたわら囲碁部を作り、土日は山に登ることを覚えた。囲碁部はおだてられて私が初代の部長となり、退社するまで部長を続けたが、関紘一郎さんというよい補佐役を得て、私の在職中に十回を超える囲碁大会を実施した。

「日本航空に追いつき、追いこせ」と、いい意味で活気に満ちた、そして人情味もある会社だった。

私が入社した翌春、一年後輩の東大出身のH君が、同じセクションに配属されてきた。

「立石さん、山に行きませんか」

この誘いに乗って、山登りを始めたのである。

彼は同級生だった東大ワンダーフォーゲル部の部長のT君を、登山と渓流釣りの師と仰ぎ、私にも紹介してくれた。

私はこのH君とT君に連れられ、奥多摩《おくたま》、丹沢《たんざわ》に始まり、北アルプス、南アルプス、奥秩父《おくちちぶ》、八ヶ岳《やつがたけ》、飯豊《いいで》連峰、上越の山々など、それから五、六年の間に山中に二百泊以上した。

当初は初級者だった私にしてみると、命がけの登山になることも少なくなかった。特に印象に残っているのは、穂高《ほたか》の岩場と大雪山《たいせつざん》だ。

穂高の岩場は急峻《きゅうしゅん》でアップダウンが激しく、うっかり足を滑らせて崖から落ちると数百メートルも滑落し、毎年死者が出る難所だ。私たちは最難関といわれる、西穂高―ジャンダルム―奥穂高、北穂高―大キレット―槍ヶ岳《やりがたけ》などの縦走ルートにも挑んだ。

今は縦長が主流だが、当時のリュックは横長だったので、狭い岩場を登るときや岩から岩に飛び移るときに、横にはみ出た部分が周りの岩にぶつかる。その反動で、落ちる！と肝を冷やしたこともしばしばだった。

北海道の大雪山では、さらなる恐怖を味わった。一歩間違えば一〇〇メートル下の滝つぼに落下する、そんな危険な崖を決死の思いで横切ったものだ。ヒグマに遭遇したこともある。

何度も命の危機を感じたが、山頂から眺める雄大な景色や達成感に魅せられ、私は必死に彼らについていった。

夕暮れ時に無事下山できると、よく生きて戻れたと私は胸をなでおろすのだが、師匠のT君は「今日の山行は充実していたなあ」とすがすがしい表情でつぶやく。あまりの差にあ然としたものだ。

しかも、彼は渓流釣りの達人でもあった。渓流は川幅が狭いので、先に釣る人がいると、魚が物陰に隠れて出てこなくなる。なのであとの人ほど釣れなくなるのが普通だ。ところが、T君はしんがりで釣っても、一番釣果《ちょうか》が高い。例えば先頭のH君が三匹、二番手の私が一匹なのに、最後のT君は九匹という具合だ。腕の差がはっきり出るのが、渓流釣りの面白いところでもある。

ポイントを見定め、釣り竿《ざお》をどう導き、釣り糸をどこからどういうふうに流していくか、しだいにその感覚がわかるようになり、少しずつ私も釣果が上がっていった。魚はあそこにいるはずだと思ったときから、ドキドキワクワクが止まらない。思惑どおり釣り上げたときの感動は、何ものにも代えがたいものであった。

T君とH君のおかげで、登山と渓流釣りは犬と並んで生涯の趣味となり、私の人生がより楽しくより豊かになった。彼らとの幸せな出会いに感謝したい。

●お見合い写真の犬が縁で結婚

全日空に入社後は仕事と趣味にこのように打ち込み、充実した日々を送っていたが、ふと気がつくと、縁談の話がぽつぽつ持ち込まれる年齢になっていた。私としては「人柄がよくて健康な方なら……」ということでお見合いをしてみるのだが、田舎者の私にはどうしても東京の若い女性たちの心理がわからない。姉はいても妹はいなかったせいか、年下の女性と会っても、どう振る舞えばいいのかわからず、疲れてしまうのだった。私自身に都会に対するコンプレックスがあるのも、このとき自覚したのである。

全日空入社試験の面接のとき、専務に聞かれた。

「君はずっと宮城県で育ってきたんだね」

「はい、そうです」

「どうりでね、東北弁の訛《なま》りだねぇ」

「エッ、そうですか。自分では標準語のつもりだったんですが……」

「いやいや君、いいんだよ。何も訛りがあるからといって、自分を卑下することはないいんだよ。それはそれで長所でもあるんだから」

と言われ、面接担当の人たちはドッと笑ったのだった。あのおかしな励ましを受けたときから、コンプレックスが私の心の底にすみついてしまったのではないだろうか。

お見合いした女性が微笑んでくれても、彼女が本当に楽しいと思ってくれているのか、お愛想笑いをしているだけなのか、区別がつかない。そうこうしているうちに、煮え切らない私の態度にホントに愛想が尽きてしまうらしく、オジャンになってしまうのが常だった。

お見合い相手は十人以上にも及んだと思う。そんな折、東北大学の先輩の知人である熊谷先生の紹介で、現在の妻恭子《きょうこ》と見合いすることになった。

彼女の写真を見たとき、これは決まる、という強い予感がした。なんと見合い写真には、自宅の庭石に座って、シェットランドシープドッグ（シェルティ）を抱いてにっこり笑っている女性の姿が写っていたのだ。しかもその女性は、栃木県小山市在住であった。

――そうだ、これまでは東京の人が相手だからダメだったんだ。今度は田舎とまではいかないが、少なくとも東京ではない。しかも、こりゃ相当の犬好きだぞ。

私のなかには都会へのコンプレックスだけではなく、全く意識していなかったが、〝犬好きの女性〟を求める心が存在していたことも、このとき初めて気づいたのだった。

お見合いのとき、恭子は言った。

「子どものときから犬を飼い続けてきました。初めの頃は雑種で、あとはスピッツ、ダルメシアンからシェルティになったんですけど……」

そして、こう言葉を継いだ。

「小山の家の近くには思川《おもいがわ》というちょっと大きな川があって、そこにできた大橋という名前の橋はS字状になだらかにカーブしてるんですよ」

この風景もまざまざと目に浮かび、私は気に入った。

昭和四十九（一九七四）年七月二日に見合いをし、一気に盛り上がった犬好き同士の私たちは九月に結納、十一月五日には結婚式を挙げ、中央線の三鷹に居を構えた。私が三十一歳、恭子が二十三歳のときであった。

このときから理想の犬を求める、私たちの二人三脚の旅もスタートしたのである。

翌年十月に長男が生まれ、さらにその一年後、仲人の熊谷先生が飼っていたグレートデン「ブロンコ」の子が、はるばる北海道から飛行機でやってきた。

私たちはこの雄の子犬に「アルマン」と名付けた。

●会社員から医師へ大転身

昭和五十一（一九七六）年十一月、かわいい盛りの一歳の長男弓人《ゆみと》に、四か月のこれまたかわいいがでかいグレートデンのアルマンが加わり、三人と一匹の楽しい生活が始まった。

だが、その幸せをのんびり嚙みしめる暇はなかった。ちょうどこの頃、私の人生に大きな転機が訪れたのだった。

その年の春、医学部に在籍していた妻の兄がウイルス性の肝炎から肝硬変に移行し、食道静脈瘤の破裂出血をきたして体調を崩したのである。

彼は車が大好きで、すでにA級ライセンスを取得していた。またお酒もこよなく愛していた。

「梅雨時になると、冷蔵庫に入れてる豆腐とか酒のつまみの鮮度が落ちないか、心配でたまらなくなる」

などとよく言っていたものだ。それも病気の進行に拍車をかけたのだろうか。

慈恵医大第三内科の堀口教授が、彼を診察して聞いた。

「君、朝から酒を飲んでいたな」

すかさず彼は答えた。

「いえ、昼からです」

そばでこのやりとりを見ていた私は、感動を覚えた。聞くも聞いたり、答えも答えたり……。達人同士のやりとりに思えたのだ。

彼は、春から夏にかけて慈恵医大に入院し、二度の食道静脈瘤離断術を受けて、自宅療養となった。

これだけでも、家内と義父母の心痛はいかばかりかと思うが、実は義父は昭和二十六（一九五一）年から小山で永山医院を営んでおり、義兄は跡継ぎだったのだ。家内は他に兄弟がいない。義兄の病状は深刻で、永山医院の前途に暗雲が立ち込める事態となった。

思い悩んだ義父母は苦渋の決断をした。

「巌さんには本当に申し訳ないが、会社を辞めて医者になって、永山医院を継いでもらえないか」

私はすぐには返事ができなかった。

その頃全日空はロッキード事件の真っただ中で、田中角栄首相のみならず、全日空も社長以下五人の逮捕者を出し、落ち着かない状況だった。そんななかで、私自身は、上司、同僚に恵まれ、仕事に大いなるやりがいを感じていたし、会社を愛してもいた。

その一方で、結核に倒れながらも現代医学の進歩のおかげで命拾いし、社会に復帰できたこともあり、医学に対して因縁浅からぬものを感じていた。医学もまたやりがいのある道に違いない。しかし仮に十四年ぶりの大学入試に成功して医学部に入学できたとしても、医師になるには最短で六年かかる。その間に私や家内や義父母の誰かがこければ、経済的にも時間的にも苦境に立つことは、当然予想された。

家内はこう言ってくれた。

「あなたが決心したら、どっちの道でも私はついていきます」

心は千々に乱れたが、大きな仕事を任され意欲を燃やしていた矢先でもあり、やはり私は全日空で生きていきたいと思った。

その思いを伝えて義父母を説得しようと、私は小山に向かった。

「申し訳ありませんが、仕事にやりがいを感じているので、私は全日空で生きていこうと思います。いざとなったら東京に大きな家を買いますから、一緒に住みましょう」

「そこをなんとか考え直してもらえないか。たっての願いだ。このとおりだ」

義父母はそろって両手をついて頭を下げた。

その真摯な姿に心を打たれ、私は思わず言ってしまった。

「いや、頭を上げてください。わかりました。なんとかやってみます」

十一月下旬、会社に辞表を提出した。会社ではすぐに、課長や部長が関係部署と話を詰めたようだ。

「事情はよくわかった。これから三か月間納得いくまで勉強し、医学部を受験してみたまえ。辞表は三月まで預かっておく。三か月の間、会社には週一回出てきて部下の仕事を指導してくれればいいから」

このように、ロッキード事件のさなかにあっても全日空は温かく、全員一丸となって会社を育てていこうという熱い空気があった。私はこの温かさに感動して、もし医学部の受験に失敗したら、そのときこそ全日空に骨を埋めようと決意した。

その夜、この決意を義父母に伝え、了承を得た。義父母もまた、優しく温厚な人たちであった。だからこそ私は断り切れなかったのだ。

こうして十一月二十九日から十四年ぶりの受験勉強が始まった。物持ちはよいほうで、高校時代の教科書も、ノートも、読んだ文学作品などもずっと持ち歩いていたので、理科と英語はすぐ対策が立てられた。問題は数学だった。十四年前の受験のときは文系だったため、幾何《きか》のほか、代数は微分まででですんだのだったが、医学部を受けるとなると、積分、行列、集合、ベクトルなど、未知の分野をクリアしなければならなかった。

しかし運のいいことに、私の長兄が宮城県の県立高校の数学教師になっていたので、すぐ参考書や問題集を送ってくれ、態勢は整った。私は朝起きてから夜寝るまでひたすら勉強に励み、疲れるとアルマンと散歩に行った。

こんなアルマンの協力（?）もあり、三か月間の猛勉強の末、帝京大学医学部に運よく合格できた。

昭和五十二（一九七七）年三月に全日空を退職し、翌四月、帝京大学医学部に入学したのである。このとき私は三十三歳であった。

私の入学から一年遅れて五十三（一九七八）年春に復学した義兄は、同年十一月二十六日、再度の食道静脈瘤破裂をきたし、わずか三十歳でこの世を去ったのである。

●充実した二度目の学園生活

医学部に入ってみると、文科系出身の私には、びっくりすることばかりであった。まず驚いたのは、当たり前といえば当たり前なのだが、医学部のカリキュラムが理科系そのものだったこと。当初私は、医学の道は理系と文系の中間に位置しているのだろう、なんといっても人間の治療に携わるのだから、と単純に考えていた。なので初めの二年間はいわゆる教養課程だろうし、十数年前に一通り勉強しちゃってる部分だから、こりゃ山に登れるぞ！　と能天気に考えていたのだった。

だが、これは全く甘い考えであった。化学、物理学、植物学、生理学、薬理学、組織学、病理学と実験・レポートが続き、今まで不勉強だった私は山に行くどころではなかった。

しかし、ありがたいことに十数年も年下の同級生や、理系の大学を卒業して医学部に入り直してきた七、八歳下の同級生たちが、実験のときも、レポートを書く上での参考書選びに関しても力になってくれ、なんとか乗り切れた。

彼らのサポートのおかげで、ちょっと自慢なのだが、一年生の上半期の試験で学年で三番になった。理系五科目の点が悪かったのでそれらをがんばったところ、次の試験では医学部でトップになり、平均点も歴代最高とほめられた。

友達というものは、実にありがたいものだ。

若い同級生たちは気がよくて、バイクや車、ニューミュージックなど、私がほとんど知らない分野に詳しく、彼らの話は新鮮だった。彼らが覚え始めた酒をともに飲み、その勢いでこの頃流行《はや》り始めたカラオケで歌ったりもした。

私に歌えるのは石原裕次郎やフランク永井など、彼らにとっては異質な古典（?）だったにもかかわらず、彼らは優しく拍手をして私をいい気分にさせてくれるのだった。

体育の時間には五〇メートル走もあった。高校時代まで陸上競技をやっていた私は、彼らに負けるものかとスタートダッシュしたものの足がついてゆかず、前のめりに地面をごろごろ転がり、顔やおでこを大きくすりむいた。

バスケットの試合のときも、高校一年まで部活でやっていたので、ついついむきになって走り回り、ランニングシュートをしたままではよかったが、そのまま止まれず壁にガツンとぶつかり、形がよく自分の中で唯一気に入っていた私の左の眉は大きく擦り切れた。とうとう、私の顔の中には自慢できるものは何一つなくなってしまったのだ。

と同時に、自分はもう若くはないことを思い知った。十何歳も年下の連中とどんなに仲良くなっても、肉体的には対等の位置には立ち得ないことを、否応なしに納得させられたのである。

医学部にはドイツ語の教授が二人いて、いずれも素晴らしい個性の持ち主だった。東京大学の名誉教授だった、常木實先生のドイツ語の講義はまさに完璧。自作のテープもあり、ドイツ語学習の醍醐味《だいごみ》を味わった。

私は卒業後すぐに母校を去り、自治医科大学で修業、研究することになるのだが、自治医科大では学位（医学博士）取得試験の前段階として、第一外国語、第二外国語の語学試験に同時に合格しなければならない。この語学試験は年に一回しか実施されないため、何回も、つまり何年も受験し続ける医師もいる。

帝京大学でドイツ語を学んだときから十年以上経っていたのに、私がこの語学試験に一度で合格できたのは、常木先生にみっちり教えていただいたおかげである。受験前に二か月かけて常木先生の参考書を読み直したのが有効だったと、今でも感謝している。

もうひとりのドイツ語の教授は、東京工大を定年退職して帝京大学に来られた武村次郎先生である。武村先生は昔肺結核を患い、胸郭成形術を受けたとのことで肺活量が少なく、マイクを使って授業をされたが、医学生に将来よい医師になってほしいと期待する心熱く、その瞳は少年のように純粋に輝いていた。

春休みや夏休みなど長期の休みが近づくと、武村先生が自ら読んで感銘を受けた百冊ほどの本の題名を、一覧表にして学生に配られるのが常だった。

「この中から何冊でもいいから読んでみてくれよ。病気の人を思いやるいい医者になってほしいんだ。君たちよりずっと頭もよくていい研究をしていく医学生は、他の大学にいっぱいいるよ。でも君たちなら患者さんを大事にして患者さんたちからも好かれるいい医者になれると思うんだ」

武村先生のメニューはほとんど医学・医療に関するもので、私もその中から何冊かを読んで、深い感銘を受けた。

一方、家庭では、この学園生活の間に、次男大二《だいじ》、長女まいが生まれ、かわいいアルマンが胃捻転で亡くなり、新たにエアデールテリアの「グリ」を迎え入れた。

私は医学生であると同時に三児と一匹の父でもあり、多忙を極めたが、なかなか充実した味のある学園生活であった。

●家内の実家に入り改姓

昭和五十八（一九八三）年春、私は医学部を卒業した。医師国家試験にも合格して、三鷹を去り、栃木県小山市へと転居することになった。母校に残る道もあったし他の高名な大学での修業を勧めてくれる先生もいたのだが、小山への転居にはこんな背景があった。

実は前年の三月に義母の胃癌《いがん》が発覚し、胃全摘、膵四分の三切除、脾摘を受け、その後体調が今ひとつ思わしくなかったのだ。

昭和五十三（一九七八）年十一月に跡継ぎと期待していた長男（妻の兄）を亡くし、その半年後の春にはその長男を最も愛したといわれる母親（妻の祖母）を失い、今度は自分が癌に見舞われ術後の体調不良に苦しむ義母。義父も、もともとそれほど丈夫ではないので、少しでも早く二人のそばに行ってあげなければ、という思いに突き動かされたのだ。

そんなわけで、卒業後は小山市から車で二十～三十分の距離にある自治医科大学に勤め、医師としての修業をすることになった。

とりあえず私たちは家内の実家まで歩いて数分のマンションに住み、愛犬グリは義父母宅の庭に住まわせてもらうことになった。

この状況は昭和六十（一九八五）年十二月に三世代が住める家を新築するまで、二年半続くことになる。

この間に私はもうひとつ大きな決断をした。昭和五十九（一九八四）年春、四十歳のとき、立石姓から永山姓に改姓したのである。立石家は男五人女一人の六人兄弟であったが、家内の実家にはもう跡継ぎはおらず、言葉には出さずとも永山家を絶やしたくないという義父母の熱い思いは、いつもそのまなざしに宿っていた。義父母に安心してもらうには、結局私が永山を継いで、代々の墓守も継承していくしかないだろう。

「僕が永山に入りましょうか」

決意してこう切り出したとき、義父母はどんなに喜んでくれたことか。その満面の笑みは今も忘れられない。

私は立石の母や兄弟を説き伏せた。

「僕がいなくても、立石には男がまだ四人もいるから途絶えることはないけど、永山は家内のお兄さんが死んだから僕が入ってやらないかぎり、家が絶えてしまう。江戸時代からのお墓もあるから、墓守もしなくちゃいけない。だから僕、永山家に入るよ」

親戚を集めての改姓の披露宴には、仙台から東北大学時代の恩師、広中先生が、札幌から仲人の熊谷先生が来てくださった。そのうえ、結婚式での新郎さながらに、ほめあげるスピーチまで頂戴したのであった。

こうして小山から自治医大に通い、修業を続けたのであるが、もちろん決して楽なものではなかった。早朝から深夜まで病院で入院患者さんを担当し、臨床に即した検査と治療法を勉強した。日曜日も病院に出ることが多かった。

今思うと、なぜあの頃、あんなにも病院にいる時間が長かったのだろう。やはり新米だったから何事も手際が悪かったのだ。なにせ初めの頃は採血するのもうまくいかず、二度も三度も患者さんの腕に針を刺す始末だったし、点滴の針を刺すのはもっと大変。ステロイドホルモン内服中の患者さんの血管探しはとても難しく、点滴の針を刺すのに一時間半もかかり、刺した針から点滴の液が漏れて針の刺し直しなど日常茶飯事。そのたびにため息をつきながら新たな血管探しをしたものだ。こんなことでおそろしいほど一日の時間を浪費（?）したのだった。

また、修業五、六か月後からは担当する患者さんの数も増え、癌の患者さんや重症の患者さんを担当することも多くなったので、針刺しはうまくなっても病院にいる時間はより長くなった。昭和五十九（一九八四）年九月には疲労がたたったのか膵臓炎を患い、二週間の入院を余儀なくされた。

翌六十（一九八五）年十二月、新居が完成した。その年の一月に三男喜國《よしくに》が誕生していたので、我が家六人と義父母、そしてグリとの賑《にぎ》やかな同居生活が始まったのである。

このとき私は、自治医大での初期研修二年間をすでに終え、専門を内分泌代謝学に決め、甲状腺疾患、糖尿病、下垂体―副腎系などの疾患の研究に打ち込み始めていた。

●恩師の言葉を胸に開業

昭和六十一（一九八六）年秋、東北大学時代の恩師、広中先生の還暦記念の集まりが仙台で開かれた。約二百人の弟子たちが先生の還暦を祝った。先生を慕う法学者たち二十七名は、九五〇ページにも及ぶ労作『広中俊雄教授還暦記念論集＝法と法過程』（創文社）をこの日に合わせて出版した。そしてこの日、広中先生は書き上げたばかりの随筆集『言葉の新鮮さについてなど』（創文社）を私たちにくださった。この中の一節に半ページほどの短文『一人前』があった。これは大学を卒業して社会に巣立っていく学生に向けてのはなむけの言葉で、以後私の座右の銘ともなった。
「君がこれから生活することになる世界は、学生生活を過ごした世界とはまるで違う厳しい世界だ。しかしその世界は生きがいのある世界でもあるのだ。ここを確かな足どりで歩くための心がけのひとつとして、事がうまくいっているときは同僚や先輩のおかげと思い、事がうまくいかないときは自分に何か足りない点があるのではないかと考える心がけが有益だ」

この中に含まれている感謝の心と謙虚な心、この二つの心があれば社会で間違いない道を歩んでいけることはもちろん、世界平和も実現可能ではないだろうか。なんという普遍的な広がりを持った言葉だろうか。医学の道にあっても、この先生の言葉を忘れずに歩んでいけば、研究者であれ臨床家であれ、いずれの道も拓けていくのではないだろうか。

この頃、私は研究と臨床の両方に懸命に打ち込む日々を送っていたつもりだったが、ややもすると、よい結果が出たときは自分の努力の成果だと思い、うまくいかないときは上司の指導に問題があるのでは、などと思いがちだった。なのでハンマーで頭を殴られたような衝撃を覚えたのである。

広中先生に法解釈学を教えていただいたのは、昭和四十二（一九六七）から四十三（一九六八）年頃のほんの数年に過ぎなかったのに、卒業して二十年を経てこの文に出合い、その後も先生から人生を教えていただくことが続いていた。よい先生との出会いは、人生においてかけがえのないものだと思わずにはいられなかった。

この恩師の教えを胸に、平成二（一九九〇）年四月、私は自宅の隣にある義父の医院を受け継ぎ、永山医院の院長となった。実は昭和六十三（一九八八）年一月末、義父は陳旧性肺結核症をベースにした気管支拡張症のため呼吸苦を起こし、入院した。

このとき私は医師になって五年、自治医大内分泌代謝科で臨床と研究を続けていたのだが、周りの先生方はみな優しかった。私が事情を話すと、火曜、木曜の午前中と土曜日の午後、永山医院の診療に携わることを許してくださった。拙いながらも、義父が復帰するまでの百日間をなんとかつなぐことができ、親孝行できたのは、まさに諸先生方と先輩、同僚のおかげと、今も感謝している。

義父はこの入院をきっかけに体力の衰えを自覚するようになり、平成二（一九九〇）年の春に院長を退き、私が引き継いだのである。このとき私は四十六歳。それなりに張り切ってスタートしたのだが、最初の数か月間は大変だった。というのも義父は娘の夫である私に気を遣って、一切口出しはせず、説明もしなかったのだ。

「巖さんの好きなようにやってください」

という姿勢を堅持されたのである。非常にありがたい反面、診療所にどんな薬があるのか、この薬の仕入れはどの卸からいくらの値段で購入しているのか、まるでわからない。三月末日まで自治医大に奉職し、翌四月一日から一転して開業したものだから、心電図、眼底カメラ、超音波の操作はある程度すぐにわかったものの、いじったことのないレントゲン撮影時の条件設定、現像方法などはさっぱりわからず、至急業者を呼ぶなど途方に暮れることも多かった。

とにかく治療の武器となる薬の整理をしなければならず、薬の棚を片っぱしから調べて作用機序別に分類してノートを作り、自分が治療するうえで不足している薬剤名を別途作成する。さらに、どの薬の薬価がいくらで、仕入れはどの卸からいくらで購入しているのか（これは請求書によって判明した）、従業員への給料はどうなっているのか、などを調べることから始まった。

幸いスタート時点では患者さんの数は今よりも少なかったので、レセプトコンピューターは導入していなかったものの、薬価点数早見表を見ながら手計算で精算することもすぐ身に付けた。一方、レセプト作成は未知の作業だったため、夜八時頃仕事の片付けが終わって自宅で夕食をとると、夜九時には再び仕事場へ戻って夜中の一時頃まで手書きのレセプト作成をし、一か月分をまとめるのに約一か月を要した。つまり一か月遅れのレセプト請求となっていたのだが、全く自分の時間がとれずどんどんくたびれていった。

四、五か月後に自治医大の先生方に大学で会ったとき「えらく白髪が増えたねぇ、開業ってそんなに大変なの？」と何人かに驚かれたことも忘れられない。

盲腸炎を疑わせる患者が来ると、至急白血球数を調べる。義父が残しておいてくれた顕微鏡があったので、医学部の学生時代に勉強した教科書を探し出し、チュルク液と呼ばれる白血球数算定用の染色液を取り出して、時間をかけて一生懸命白血球を数えたりもした。時折レントゲンなどを撮ると請求金額がいくらかわからず、「診療報酬点数と早見表」のページを見つけるのに苦労した。

こんな調子で、医院を引き継いでまもなくはてんてこ舞いだった。患者さんに教えられることも多く、地域医療のあり方についても考えさせられる日々だった。

そして三年後の平成五（一九九三）年三月、義父は風邪をこじらせて肺炎を併発し、約二十日間の闘病の後、永眠した。七十五歳であった。義父も義母も、「巖さんが望むことならなんでもやればよい」と、常に温かく見守ってくれた。感謝しかない。

医院も順調に推移していた。開業当初の数か月こそドタバタしたものの、治療に燃え、往診もいとわなかったので、患者さんの数は少しずつ増えていった。往診といえば、小山市内はもとより、数十キロ離れた古河市や壬生町へも行った。

最も遠距離の往診は、平成六（一九九四）年秋の埼玉県菖蒲町《しょうぶまち》であった。夜八時頃、パンをかじりながら運転して往復一一〇キロ、四時間がかりの往診だったが、脳梗塞と肺炎で寝込んでいた、当時七十一歳の男性を診察。その場で自治医大附属病院に電話をしてベッドを確保し、翌日救急車で入院させてもらった。大学の医師たちの懸命な治療のおかげで、三か月後、左不全片麻痺を残したものの、無事退院にこぎつけたのである。時間と労力を惜しまなければ救える、と実感した。診療を続けるうえでの自信にもつながった。

この患者さんの奥さんは後に『永山先生を讃える歌』を作詞作曲して来院し、診察室でこぶしをきかせつつ、歌ってくれたりもしたのだった。

この頃、我が家では、従順でちょっとどんくさいところが愛らしいブルドッグ「まる子」を飼っていた。日々の診療に加えて往診にも飛び回り、疲れた心身を癒してくれたのは、四人の子どもたちとまる子であった。

●医者仲間とネット碁を楽しむ

私は開業医として精力的に診療しながら、全日空を退社してからすっかり遠ざかっていた囲碁を再開した。きっかけは平成十一（一九九九）年夏、医者仲間の明石先生の勧めで、近所の開業医、浦瀬先生との対局が実現したことだった。

それから浦瀬先生とは、月に二回ぐらい対局することになった。土曜の午後二時には先生宅にお邪魔し、奥様の手料理を食べ、ビールを飲みながら夜中まで碁を打つという、私にとっては至福の時が流れた。

奥様の手料理はどれもおいしく、特に漬物は絶品だった。

「こうりゃウマイ、ゴボウの漬物がこんなにおいしいとは知らなかった！」

舌鼓を打つ私に、先生はニコニコして言う。

「そうだな、やっぱり漬物はぬか味噌《みそ》漬けが一番だよな」

ところが先生は飲み専門で、料理にはほとんど手をつけないのだ。

「先生、そんなこと言いながらご自分は一切れも食べてないじゃない。困ったもんだなあ。

僕が先生のぶんも食べちゃいますよ！」

こんな会話が交わされるのが常だった。

先生はお酒が好きなうえに強く、飲むほどに調子が出てくるのに対し、私はお酒は好きだが酔いやすく、ビールを飲むほどに対局は浦瀬先生が有利になっていく。お酒を飲まずに対局すると立場は逆転し、私のほうが勝率はぐんとよくなった。

そこで先生はこっそり強くなって、私をギャフンと言わせようと考えたらしい。平成十三（二〇〇一）年の春頃から、インターネットを利用しての囲碁対局（ネット碁）に乗り出した。

その年の初夏、浦瀬先生から電話が入った。

「永山先生、助けてくれませんか？　先生に内緒でネット碁を始めていたんですが、インターネットの対局相手たちはものすごく強いうえに、おかしな手も使うんでメチャクチャ打ち込まれましてね。遠慮して初段で打ち始めたのに二級まで落っこちてしまったんですよ」

「エ～ッ！　浦瀬先生が二級まで打ち込まれたぁ？　そんなにスゴイのぉ？」

私は飛んでいった。インターネットの「対戦囲碁」には約三千人の会員がいるという。

このときから浦瀬先生と私の直接対局は激減し、私たちはペアになってインターネットを介して見えざる好敵手たちと対局する方向へと転じたのである。

これがまた実に面白いのだった。インターネットの相手たちは、定石にない手を次々に打ってくる。それに対しすぐ次の一手を相談し、画面上の碁盤に石を打ちつけていく。ときにはマウスが滑って、自殺手を打ってしまうこともある。

「浦瀬先生、何やってんの？　一路違うでしょ！」

「イヤ～、ごめんごめん、マウスが滑ってしまったんだよぉ」

「モウ～ッ！」

こんなこともたびたびあったが、ネット碁への参加によって私たちの棋力は三段階も四段階もアップした。二人で大いなる作戦を練り、土曜の午後から夜中まで五、六局打ち続け、六か月くらいの間に勝率八割を超え、一気に五、六段まで上りつめたのだった。ペアでの愉快な碁を打ったあと、「酒飲みに行こうよ」と近くの飲み屋に出かけることも多くなった。そして過去から現在までの互いの育ちや趣味、人生を語り合うことになった。

平成十二（二〇〇〇）年の九月下旬に家内の母が膵臓癌で倒れたときも、浦瀬先生には大変お世話になった。十月末にはもう回復の見込みはなく、義母は自治医大に入院させてもらった。自宅で看取りたいと思ったものの、身内である私が死亡診断書を書くわけにいかず悩んでいた。そのとき、浦瀬先生が助け船を出してくださったのだ。

「じゃ、私が往診して看取るということにしようか？」

早速退院させてもらい、即日浦瀬先生の往診のうえ、義母の最後の二十日間を、自宅で家内、叔母、従妹に私も加わって、心ゆくまで介護できた。言葉に尽くせないほどありがたいことだった。義母は十一月二十日、七十四歳で生涯を閉じた。

囲碁は棋道であるとともに勝負事でもあり、負けるのは誰でも嫌なものだが、浦瀬先生は勝負にこだわるというより、棋道のほうに重点を置いていたように見受けられた。「囲碁は石の効率を追求する芸術だ」というのが持論であり、勝負にこだわらない品のよい碁だった。対局後も、どの手がよかったか、どの手が形勢を損じたかという分析に関心があった。

この頃は、浦瀬先生、奥様、私、家内の四人で食べに行ったり、音楽会に行ってその帰りにまた飲み食いしたり……、本当に楽しく充実した日々を過ごした。

「僕らは配偶者に恵まれたねぇ、先生！」

私がおどけて背中を叩《たた》くと、先生は照れたように笑った。

●ショウチャンと三十五年ぶりの対局

こうして浦瀬先生と囲碁の腕を磨いているさなか、私は生涯忘れられない対局をした。それは高校時代の恩師、ショウチャンとの一局である。

話はさかのぼるが、平成三（一九九一）年十一月、高校時代のクラス会「莫煩悩会」は、恩師で私の囲碁仲間でもある佐々木慶市先生、愛称ショウチャンをお迎えして秋保温泉で一泊の集いを持った。久しぶりに先生を囲み大変な賑わいで、楽しい一夜を過ごした。

だがこのとき先生は、奥様がボケてしまったと悩んでいらっしゃった。

「もう、ワシのことも娘のこともわからんのだ……、寂しいことだなあ」

当時七十九歳のショウチャンがこれ以上介護するのは無理だと思い、私は施設に預かってもらうように勧めたが、「自分の体がもつかぎり女房の面倒を見る」ときっぱりおっしゃった。

言葉どおり四、五年がんばって介護を続けられたがついに限界に達し、最後の一年間は奥様を施設に預け、見送られたのである。

この平成三年の「莫煩悩会」以来、ショウチャンは毎年四月末の連休を利用して上京し、関東に住んでいる我々の仲間と卓を囲んで、酒を酌み交わすのを楽しみの一つとされていた。

平成十二（二〇〇〇）年四月二十九日の集まりのときも、先生はお元気に参加された。

「ところで立石、おまえは今何段で碁を打っとるんじゃ？」

先生はいつも私を、高校時代のままの立石姓で呼ばれる。

「ハア、平成四年に日本棋院の四段の免状をいただきました」

「オー、そうか、わしゃ今六段じゃ」

「エーッ、じゃあ、三十四年経っても、先生との二段の差は詰まってなかったんですね？」

前述のように、私は浦瀬先生という囲碁の好敵手に巡り合い、月に二回ぐらい囲碁に熱中する時間を持てていた。それもあって、ショウチャンのこの言葉にいたく刺激され、七、八か月間囲碁に打ち込み、平成十三（二〇〇一）年一月の日本棋院の段級位試験に挑戦し、ついに六段の免状をもらった。

勇躍してその年の四月二十九日の集まりに出かけた。

「ショウチャン、やっと僕も六段になりましたよ。去年先生から『わしゃ六段じゃ』と言われて発奮したんですよ。いやあ、先生の段位に追いつくのに、三十五年かかったわけですよねぇ」

「なに、おまえ、六段取ったのか。ホーッ、たいしたもんだ。おまえ、仙台の俺の家に来い。久しぶりの対局やろうじゃないか！」

こうして一か月半後の六月十七日、三十五年ぶりの対局が実現したのであった。四月の集まりのときにそばにいた佐藤豊治君と松崎広君が、「俺も二人の対局を見たい」と言ってくれたので、当日三人で仙台のショウチャン宅を訪れ、私にとっては涙の出そうな久々の対局となった。

ショウチャンの娘婿《むすめむこ》で日本棋院六段の方も横浜から来て、先生と私の対局を見守ってくれた。

対局の終わる頃「おーい、ビール持ってきてくれ」のショウチャンのかけ声で、ショウチャンも周りもビールを飲み始めたが、私は三十五年ぶり、もしかしてこれが最後の対局になるかもしれぬとの思いで、大好きなビールを一口も含むことなく対局を終えた。私の中押勝ちとなり、ショウチャンがうなった。

「ウーム、立石、強くなったなあ。ワシもあと十年若ければ、もっと強かったんだがなあ……。ボンボンクラブで毎週打ってるとはいっても、やっぱり年だからなあ。でもボンボンクラブではワシより強いヤツはおらんのだがなあ……。まあ、おまえにはまだ先があるから、もっと上も望めるだろう。励めよ！」

この対局のとき、ショウチャン八十八歳、私は五十七歳。全くすっごい老人、すっごい青年としか言いようのない先生。八十八歳でこれだけの碁を打つ先生に会えて、しかも対局までしてもらえて私は感謝感激だった。

ショウチャンのこの素晴らしい前向きの人生に接して、仮に自分が長生きできたときにはショウチャンのようでありたいと思ったものだ。

翌年四月、先生は上京されなかった。前立腺癌が脊髄に転移し、下半身麻痺が起こっているようであった。直ちに旧友たちと連絡を取り合い、何組かに分かれて見舞うことになった。私は第一陣に加えてもらって、数人の友人たちと平成十四（二〇〇二）年七月七日、ショウチャンのご自宅に見舞いに行った。

「立石、今の医学は進歩しとるんだろう？　何とかならんものかなあ、ワシも少しずつ悟りの境地に近づいてきてはおるんじゃがな……。まだこの世に未練があるんじゃ」

死を予感しつつ、もう少し生きていたいというこの正直で自然な姿を、私は忘れられない。自分を飾ることなく人を信じ、人から信じられてきたショウチャンの一生を推量できた。同行した幹事の渡辺君が励ました。

「ショウチャン、がんばってよ。立石が近いうちに自分の半生記を出版するそうだし」

「ナニ！　立石が本を出す？　そうか、よし、できあがったらすぐ送れ。楽しみにしとるぞ！」

「はい、もちろん」

一人ひとりショウチャンと握手させてもらって、先生宅を辞した。もう生きて会える日は来ないかもしれない。寂しくなるな……。私は心の中でつぶやいた。その一方で、ショウチャンの意識が明瞭なうちに会えてよかったとの思いも深かった。

一か月半後の八月二十一日、先生は逝去された。拙著『ブルドッグにたどりつくまで』が完成したのは九月十日、三週間ほどの差で私の本を見てはいただけなかったが、最後まで教え子たちを励まし続けてくれた先生に出会えた幸運を、私たちは生涯忘れないだろう。

先生がライフワークとされていた『奥州探題大崎十二代史』をまとめあげ、出版されたのは、亡くなる三年前の平成十一（一九九九）年九月、ショウチャン実に八十七歳になろうとするときだった。

先生のまなざしは常に愛情に満ちあふれ、生きる姿勢そのものが、私たちに元気と勇気を与えてくれたのである。

そして、もうひとりの私の囲碁の好敵手、浦瀬先生も食道癌に倒れ、平成十八（二〇〇六）年七月十四日、永眠された。享年七十。あまりにも残念な早すぎる死であった。

お二人にはいつか天国で、またお手合わせ願いたいものだ。

ふと振り仰ぐと、抜けるような青空に、ショウチャンの人懐っこい笑顔がぽっかり浮かんでいた。

●記憶に残る名画

ショウチャンが逝った平成十四（二〇〇二）年、韓国映画『シュリ』を観た。政府の優柔不断に耐えきれず、民族の悲願である朝鮮半島統一を早く実現しようとする北朝鮮第8特殊部隊と韓国諜報機関の熾烈《しれつ》な戦いがテーマである。スパイアクション映画であるが、北朝鮮の美しき凄腕の工作員イ・ミョンヒョンと、韓国のエリート諜報員ユ・ジュンウォンとの悲恋も絡み、スリリングな展開となる。イ・ミョンヒョンが大統領に銃を向けた瞬間に、ユ・ジュンウォンは彼女を撃ち殺す。その後、彼女がユ・ジュンウォンの子を宿していたことが判明するのである。ユ・ジュンウォンは、済州島の海を見ながら彼女を想う。そのとき彼女が好きだった曲『when I dream』が流れる……。名作であった。戦いの中で芽生える愛。実に感動したものだ。

映画はさまざまな側面から人生を語る。心が揺さぶられるだけではなく、そのときの自分の心情を映しているように思えるときもあれば、励まされたり、生きていくヒントを得られるときもある。

私は心に残った映画を振り返ってみた。

昭和三十（一九五五）年に公開されたジェームズ・ディーン主演の映画『エデンの東』、翌年公開の『理由なき反抗』は、青年期の苦悩や葛藤が描かれ、我が身に置き換えて、深く考えさせられた。一方、その次の『ジャイアンツ』は、純粋に映画として楽しめた。西部で大牧場を経営するロック・ハドソン、美しく誇り高いその妻エリザベス・テーラー、テーラーに憧れながら「明日こそは！」と歯を食いしばって油田を掘り続ける牧童のジェームズ・ディーン。ついに西部の石油王にのし上がったもののテーラーへの憧れを消し去ることができず、酒に溺《おぼ》れ、孤独に陥っていく主人公。

人は明日への夢や希望を抱いて道を切り開いていくことが大切だが、欲望との間にどこかで一線を引かなければ幸せにはなれない。では、夢と現実の境界を認識する理性をどうすれば獲得できるのだろうか？　忍耐の日々を続けることで？　人を許す寛大な心を持とうと努力することで？　あるいは自分の力の及ばない神に祈り続けることで？　と考え始めると、靄《もや》がかかったように前方が見えにくくなる。

学生時代に読んだ夏目漱石の『草枕』の冒頭が脳裏に浮かぶ。「山路を登りながらこう考えた。智に働けば角が立つ……とかくに人の世は住みにくい。住みにくさが高じると安い所へ引越したくなる。どこへ越しても住みにくいと悟ったとき、詩が生れて画が出来る」

そうか。心すべきは頭でっかちにならないこと、感情的にならないこと、意地を張らないこと――、こういったことなのかもしれない。だけど……、それが難しい。

また、オードリー・ヘプバーンの代表作『ローマの休日』にも魅了された。ヘプバーン演じる可愛らしくも美しいアン王女と、グレゴリー・ペック演じる新聞記者ジョーとの束の間の恋。何枚も撮った王女の写真を発表すれば大手柄になるにちがいないが、そっと写真を王女に手渡して別れようとするジョー。王女は瞳で訴える。感謝と信頼と愛を――。

ヘプバーンといえば『昼下がりの情事』も傑作であった。このタイトルから卑猥《ひわい》なものを連想して観ずじまいになっていたのだが、友人に勧められて観た。プレイボーイで有名な実業家ゲーリー・クーパーと可憐な町娘オードリー・ヘプバーンに、彼女の父親役の探偵モーリス・シュバリエが絡んで、ユーモアたっぷり。大きな笑いと感動が残った。ゲーリー・クーパーがもう少し若ければもっとよかったのに、と思ったものだった。

昭和四十（一九六五）年に観た『ドクトル・ジバゴ』は、ロシアの文豪パステルナークの同名の小説を映画化したもの。個人にはどうすることもできない時代の流れというものがあると、実感させられた映画であった。

昭和四十五（一九七〇）年には、ソフィア・ローレンとマルチェロ・マストロヤンニが主演する『ひまわり』を観た。戦争に駆り出されて行方不明になった夫を、ソフィア・ローレンがロシアの地へ捜しに行く。一面のひまわり畑と哀愁を帯びたヘンリー・マンシーニの名曲を背景に、写真を頼りにイタリア人の夫を捜し続ける。ついに見つけるが、夫は命を救ってくれた地元の娘とすでに家庭を持ち、二人の子どもまでいた。号泣しつつ列車に飛び乗り、イタリアに帰る妻。悲しみに暮れるソフィア・ローレンの姿に胸を打たれた。

昭和四十七（一九七二）年にはフランシス・コッポラ監督の『ゴッドファーザー』を観て、マーロン・ブランドの圧倒的な存在感に息を呑んだ。ニーノ・ロータによる主題曲『愛のテーマ』が初めて流れる場面を確認するために、翌週も観に行ったほどだ。

昭和六十二（一九八七）年の『スタンド・バイ・ミー』もよい映画だった。四人の少年が森の奥にあるという事故死体を探す旅に出る。彼らのひと夏の冒険を描いた友情と勇気の物語だ。目的を達成した彼らは、その後それぞれの人生を歩んでいく。成人になり、各自がどんな結末を迎えたかがまた印象的で、昔読んだ下村湖人の『次郎物語』を思い出した。

平成四（一九九二）年の『リバー・ランズ・スルー・イット』も名作。モンタナの大自然を背景に、牧師である父と長男、次男がフライフィッシングを楽しみ、母は家で彼らの帰りを待つ。子どもたちは成長して、長男は学問の世界へ、ブラッド・ピット演じる次男は新聞記者となり、飲む・打つの世界に入り込んでいく。

進む世界は異なっても、三人が顔を合わせると、川に釣りに行くことであっという間に距離はなくなる。ブラッド・ピットが巨大なマスを釣り上げたときの輝くばかりの笑顔は美しい。後に彼はイカサマをした右手をつぶされ、拳銃で頭を撃ち抜かれて死ぬ。

兄が両親に「あいつは釣りがうまかったなあ」と言うと、父が答える。「それだけではない。あの子は美しかった」。いい映画だった。こういう生き方しかできない運命というか、宿命というか、そういうものを背負った人は確かにいるのだろうと、私は思った。

●人生を彩ってくれる音楽

映画と同じく、音楽も私に大きな感動を与えてくれる。なかでもヴィヴァルディのヴァイオリン協奏曲『四季』は、半世紀ぐらい前からイ・ムジチやアーノンクールの美しい演奏に魅了され、アカデミーの迫力ある演奏に驚いたものだった。

平成十五（二〇〇三）年十月にも、大宮ソニックシティでイ・ムジチによる『四季』を聴いたが、その一年ほど前に聴いた『四季』の演奏者を思い出せないでいた。本来第1ヴァイオリンが弾くべき主旋律のパートをフルートが演奏し、背景の演奏はパイヤール室内管弦楽団だった。そのとき主旋律を弾いたフルート奏者は、ヨーロッパで演奏活動を続けている日本人と聞いた。超絶技巧ともいうべき、たいへん美しい演奏で感動した。

演奏会終了後、会場で売られていたＣＤを購入したいと思ったのだが、その演奏会を知らせてくれた知人と帰りに飲む約束をしていたため、ふところ具合が気にかかりＣＤを買わずに帰ったのが後悔の源となった。

数年経ってもその演奏会での感動が忘れられない。それなのに、フルート奏者の名前がどうしても思い出せないのだ。平成二十（二〇〇八）年秋、突然ひらめいた。「クラシックのことなら山本邦宏先生（元自治医科大内分泌代謝科助教授・元小山市民病院副院長）に尋ねてみればいいのではないか」。早速メールを送ったところ、翌日には返事が来た。「そのフルート奏者はジャン・ピエール・ランパルの愛弟子《まなでし》の工藤重典でしょう。二〇〇二年にパイヤール室内管弦楽団との共演で『四季』のＣＤが出ています。以下のＵＲＬに申し込めば入手できるでしょう」

こうして数日後にはＣＤが手元に届いた。何度聴いても飽きない美しい演奏――。フルートならではの装飾音が随所にちりばめられており、しかも決して出しゃばらず、パイヤール室内管弦楽団とよく調和している。過去に聴いたどの『四季』よりも美しい、と思わずにはいられなかった。

また、膨大なバッハの作品の中では『管弦楽組曲第2番・3番』が、私の心を最も惹《ひ》きつける。重厚で荘厳な悲しみが宿っており、聴くほどに心の奥に封印してきた感情が溶け始め、涙がにじむこともある。ときには甘い感傷の記憶がよみがえることもあるが、封印されてきた感情のほとんどは華やいだものとは逆の、辛く苦しい日々に耐えていた頃の感覚、挫折したときの悲しい記憶、恥ずかしいほど自分勝手な言動で人を傷つけた悔いなど、負の感覚に共鳴しているように思われる。

わかりやすくいえば、『管弦楽組曲』を聴いているうちに人生で味わった悲しみの波が押し寄せ、目頭が熱くなる。この曲には、人生の極限まで行き着いた人だけが創り得る〝蒼茫《そうぼう》の想い〟が込められているように思われるのだ。

次に触れる開高健は、このような曲の代表としてベートーベンの『歓喜』を記したことがあり、人によって感動する楽曲はそれぞれ異なるのが、また人生の奥深さであるにちがいない。『管弦楽組曲』に関していえば、カール・ミュンヒンガーがシュツットガルト室内管弦楽団を指揮した演奏が、私の胸にいちばん沁みる。自分の好きな曲を自分の尊敬する人も気に入っていることがわかると、一段とうれしいものだ。『アルビノーニのアダージョ』もよく演奏される協奏曲のひとつで、バロックの名曲だ。

開高健は世界各地を釣り歩き『フィッシュ・オン』『オーパ！』『もっと遠く！』『もっと広く！』などの名作を著した。彼はアマゾンの原生林の中で、ホエザルのけたたましい叫喚を耳にしながら、夜中にウイスキーをなめつつ『アルビノーニのアダージョ』を聴き、「俺はこんな山奥に来て、いったい何をしているんだ……不覚にも涙がこぼれた」と書いている。ここまで流れてきてしまい、人生、もう後戻りできないことを実感したであろう、感傷的な心境に共感できる。

山口誓子の有名な俳句「海に出て木枯帰るところなし」は、もしかするとこの心境に近いのかもしれないと想像する。この俳句を思い出すたびに、「木枯らし」はいつの時代の風景に戻りたかったのだろうか、そして私自身はいつの時代に戻りたいと願っているのだろうか、と考えてしまうのだった。

開高健は五十歳になろうとする頃、北米から南米まで釣りを主とする旅をした。約九か月で五万二三四〇キロを走破した南米篇『もっと広く！』では、最後の舞台となるマゼラン海峡の岸辺をジープでひた走る。丘も森もなく、ただ地平線だけの荒野を走り続ける。これだけ旅を続けてくると〝文化〟に飢えるのだろうか。ベートーベンの『英雄』、ヴィヴァルディの『四季』、マーラーの『巨人』を香水のようにたなびかせつつ走っていく。

「溪谷沿いの山道を右に左にくねりつつベートーベンの『歓喜』を流す。大合唱が始まるところで車をゆっくりさせると、自動車が身体をふるわせ『おお、友よ……』長い、底深い、暗い森の煌めきをこめた雄叫びがまさにその時点ではじまった。あくびが出るほど聞きあきたこの合唱がこの一瞬にはまるで生まれてはじめて耳にするような鮮烈と昂揚でとどろきわたり、自動車も窓も消えてしまった。一瞬で私は陶酔し、澄明な熱い惑乱の奔流に心と体をゆだねた」と、彼は記している。

また『オーパ！』では、こうも述べている。

生まれるのは、偶然

生きるのは、苦痛

死ぬのは、厄介

そうして『オーパ！』の最後に「陽は沈み、日はまた昇る。われらふたたび、いつの日にか」と綴《つづ》り、一九八九年、五十八歳で開高健はこの世を去ったのだった。

第二章　いつもそばに犬がいた

私は子どもの頃から犬好きだった。高校三年生のとき、ドンちゃんから「バン」をもらって、天にも昇る気持ちになったものだ。それから十五年近くの時が流れ、犬好きの恭子と家庭を築き、ようやく犬を飼える環境が整った。

そして昭和五十一（一九七六）年秋にアルマンを迎えて以来、今に至るまで十数匹の犬と出会い、ともに暮らしてきた。それぞれに個性的でかわいく、思い出深い。

●気が優しくて喧嘩に強いアルマン

超大型犬、グレートデンの子犬を飼わないかという話が持ち上がったのは、医学部を受験するため私が猛勉強に取りかかる頃、長男が一歳になる頃であった。なので家内がこう言うのも無理はなかった。

「子どもの世話で大変なんだから犬を飼うなんて考えないでね。もし飼うとしても、超大型犬なんてダメよ。こんな小さな庭じゃ飼えっこないわ」

いくら好きでも、我が家に犬を迎え入れるのはもう少し先、と私も思っていた。ところが、そんな我が家の会話など露知らず、仲人をしてくださった熊谷先生は、笑顔でこうおっしゃった。

「巖さん、フュンフを飼ってくださいよ。北海道から送りますから。巖さんのような本当に犬を愛する人に飼育してほしいんですよ」

熊谷先生は日本に初めて輸入された、ドイツジーガー（ドイツ連邦チャンピオン）のグレートデン、ブロンコ号を譲り受け、札幌の自宅で飼育されていた。ブロンコは雄だったので、雌のグレートデンを購入して交配させたのである。そして七月中旬、待望の子犬が生まれたのだが、四匹は死亡し、唯一助かったのが五番目のフュンフだった。フュンフとはドイツ語で五番目という意味だ。

仲人さんだし、大切な子犬を譲ってくださるというのに申し訳ないとは思ったものの、家内にも釘《くぎ》を刺されているので、私はしどろもどろになりながらもやんわり断った。

「でも、先生、たった一匹助かった子犬なんですから……。お気持ちはありがたいんですが……、まだ子どもも小さいし、どんな犬種がうちに向いているかも具体的には家内と相談してもいないし……。今回はご遠慮させてください」

帰宅して家内に告げた。

「だいじょうぶ、お断りしたから」

家内はほっとした表情を浮かべた。

それから二週間ほど経った十月下旬、先生から突然電話が入った。

「巖さん、フュンフを送る飛行機、手配できましたからね。十一月五日午後四時に羽田空港の貨物課に受け取りに行ってください。じゃ、ヨロシク」

あっけにとられているうちに、電話が切れた。ところが受話器を下ろしたとたん、ワクワクするような興奮と歓喜が込み上げてきた。

私は直ちに近くの材木屋さんへ走り、角材や板や屋根用のトタン、釘などを買い求め、土日の昼夜兼行で大きな小屋を作り上げた。材料費は八千円ぐらいですみ、あとは到着を待つばかりとなった。

こうして昭和五十一（一九七六）年十一月、四か月の子犬フュンフは我が家の一員となった。小さい頃から夢に見た、犬との暮らしが現実のものとなったのである。

家内と話し合い、名前は「アルマン」と決まった。飼う前は難色を示していた家内も、根っからの犬好きのこととて、すぐにアルマンに夢中になった。

アルマンはどんどん大きくなり、どんどんかわいくなっていった。夜、子どもを寝かしつけてから、家内と二人でアルマンの散歩に出るのは格別の楽しみだった。公園に行って鎖を解き放すと、アルマンは公園の至る所のにおいを嗅ぎ回り、私たちに知らせに来る。

そうして何度目か私たちから離れた頃を見はからって、私と妻は樹木の陰に身を隠し、息をひそめる。私たちの姿が消えたことに突然気づいたアルマンは、必死になって捜し始める。においを嗅ぎ、緊張して立ち止まり、人影を求めてすっくと首を上げ、遠方に視線を向ける。暗がりの中で、私と妻はワクワクしながらその様子を覗《のぞ》き見し、緊張が高まった頃小さな声で「アルマン、アルマン」とささやきかける。アルマンはハッとして耳を立て、声の方向を見定めようとする。

このあと間もなく私たちは姿を現し「アルマン、よーしよし、びっくりしたか？　いつも僕らに注意を払ってないといけないんだぞ、よし、よし、いい子だ」となでさする。私たちとアルマンの、この夜のかくれんぼは大きな楽しみであり、医学部受験のために猛勉強中だった私の息抜きにもなった。

おかげで私は無事帝京大学医学部に合格した。三月に全日空を退社し、四月に医学部に入学するまで、家内の実家の小山で十日間ほど過ごした。近くの思川沿いの公園をアルマンを連れて散歩するのが日課となった。ここでは釣り人もよく見かけ、声をかけることもあった。

「釣れますか?」

「いんや、十年前と比べたら十分の一だよ。第一、川虫がいなくなったよ。川が汚れちまったんだべなぁ。おっ、でかい犬だなぁ……、あんた若いのに道楽だねぇ」

などと釣り道楽のおじさんに感心されたものだ。

アルマンは、私の行くところにはどこにでもついてこようとした。腿《もも》までズボンをまくって川を横切るときも、思川公園の護岸工事後の四十五~六十度もの傾斜のある壁登りをするときも、そばには必ずアルマンがいた。そのひたむきな忠実さは、身体が大きいだけにたまらないかわいさだった。後に飼ったエアデールテリアに比べると「大男、総身に知恵がまわりかね」というところもあり、これがまたかわいいのだった。

アルマンは順調に成長し、散歩の量を十分に確保するため、自転車を使うようになった。犬用の長い紐《ひも》を腰に巻いて縛りつけ、ブレーキの利きを確かめては自転車でアルマンとともに走った。

この自転車での散歩中に、アルマンが他の犬と闘ったことが二回ある。いずれも相手の犬は放されていた。

一回目は、茶色の中型の雑種犬が、家の門から吠えながら飛び出し、アルマンに飛びかかってきたのだ。だが、勝負は一瞬でついた。私が自転車を止めている間に、アルマンの首あたりをめがけて咬《か》みついた犬は、一振りで転ばされて組み敷かれた。私は慌ててアルマンの口に手を入れ、二匹を分けた。

二回目はやはり飛び出してきた柴犬が、アルマンの後ろ足に咬みついたのだ。アルマンは振り向きざま柴犬の背中をガッと咬み、頭上で三〜四回、左右に振り回した。

私はびっくりして「アルマン、ダメ！　やめろ！」と叫んだ。アルマンは口を放し、柴犬はよろよろとよろけながら、飛び出してきた家の門に消えていった。それから数日、私は柴犬がどうなったか心配で、その家の前を行ったり来たりしたが、柴犬には会えずじまいで、その後の経過はわからなかった。私はアルマンの強さに驚嘆したのである。

グレートデンは、特にドイツ系は人間が大好きで、人にはきわめて従順、今でも最高の犬と思う反面、身体が大きいだけに、もちろん欠点と思われる面もある。

例えば、私はアルマンを飼うまで、小さな庭に錦松や、江戸時代からの園芸品種である楓《かえで》「清玄」、種々のさつきなど、約九十株の盆栽を並べて楽しんできたのだったが、このほとんどはアルマンの足やお尻にぶつかって倒されて根が傷み、犬舎の屋根に移した小さい鉢を除いてほとんど全滅した。

　また、アルマンは退屈すると庭に面したサッシのガラス戸に、立ち上がってドンッと手をつき散歩をせがむ。このとき分厚いガラスがバリンと割れて、両脚の腱《けん》を切って出血し、一か月もヨードチンキを塗り続けたこともあった。この後、アルマンは二度とガラス戸に跳び付くことはなくなった。便の始末もけっこう大変だった。

　こんな調子でいろいろあったものの、アルマンとともに充実した楽しい日々を過ごしていた。

　ところが、アルマンが四歳四か月になった、昭和五十五（一九八〇）年十一月九日の日曜日に悲劇が起こった。朝八時頃、ピンポンと呼び鈴が鳴った。寝ぼけ眼で出ていくと、近所の工場で働く工員さんだった。

「あのでけー犬、お宅の犬じゃねえの？　うちの工場の隅っこで動けねえでいるよ」

「エッ！」

　たしかに庭にアルマンの姿がない。家内と駆けつけると、アルマンは息も絶え絶え、お腹がパンパンにふくれて意識も朦朧《もうろう》として伏せっていた。苦しくて苦しくて家の門を飛び越え、よろよろとここにやってきたのだろうと推察された。

　家内と二人でライトバンの後ろにやっと乗せて、獣医さんを次々に回ったが、信じられないほど運の悪いことに、この日は年に一度の獣医学会の日だそうで、どこの獣医も不在であった。やっと小金井に、留守番を言いつけられた駆け出しの獣医が一人見つかった。資格を取って半年というその若い獣医は、学会先に電話をして老練の獣医の指示を仰いだ。

「胃捻転に違いない。腹膜炎を起こしているため腹部がパンパンに腫れているのだろう」

とのことで、指示にのっとり、私はアルマンに酸素マスクをかぶせ続け、獣医はアルマンのふくれあがった腹部に太めの針をブスブス刺したが、効果はあまりなかった。一時間ほど経ち、意識のないアルマンは、最後に両前脚をひとしきりかき続けた。

「ああ、アルマンは僕らとの散歩を夢に見ているんだよ、きっと。ほら、駆けてるんだよ」

「そうね、そうに違いないわ。草原を駆けているんだわ、きっと。アルマン！　アルマン！　私もお父さんもここにいるよ」

　こうしてアルマンは息を引き取った。私たちの心にはぽっかりと大きな穴が空いた。家で使っていた黄金色のカーテンを外してアルマンを包み、府中の犬猫霊園に運んで火葬を依頼した。夜になると悲しくて涙があふれた。熊谷先生に電話してアルマンの死を伝えた。

胃捻転は超大型犬にしばしば起こる病気で、食後すぐ走らせたりすると、食道から胃までの距離が長い超大型犬では、食べてふくらんだ重い胃袋がくるんと一回転、二回転して、人間でいえば腸捻転の状態になりやすいのだという。

私は無知から、大事な大事なかわいいアルマンを突然失ってしまったのだった。

●孤高の戦士グリは消えた

アルマンのいない庭はがらーんとして、私も家内も寂しさに耐えられなくなった。五歳と三歳の子どもに恵まれているにもかかわらず、犬にはまた違うかわいさがあり、アルマンの抜けた穴はあまりにも大きかった。

私は結核に倒れて退院するときに菅野先生からお借りした、エアデールテリア、ピンキーの雄姿が忘れられなかった。といってもピンキーは雌だったが――。きれいで脚も長くて、横から見ると正方形で、色はブラック&タン、そのうえ勇気があって秋田犬と向かい合ってもピンと尾を立てて、まったく動じなかった。

私は以前に買った『犬の飼い方』という本の著者が、日本エアデールテリア協会会長の坂本さんという人だったのを思い出し、本を探して開いてみた。するとやはりエアデールのことが詳しく記述されていたので、家内と一緒に読んだ。

私の話を聞き、エアデールのカラー写真を見た家内の瞳は、急にきらきら輝き始めた。

「じゃ明日、早速私、その坂本さんに電話を入れてみるわ」

翌日の夜、私が大学から帰ると、家内は声を弾ませて言った。

「坂本さんに電話したらね、信頼できるエアデールテリア協会の人を紹介してくださったの。横浜にちょうど生まれて一か月ぐらいの子犬がいるんですって。見せてもらったらって」

そしてさもおかしくてたまらないという様子で、こう言葉を継いだ。

「それからね、坂本さんに電話したとき、坂本さんがお書きになった『犬の飼い方』っていう本を読んで電話しましたって言ったらね、面白いのよ。『ああ、あれは今まで出版された本の中で、一番すぐれた犬の本です』って、自分が書いた本なのに自画自賛なのよ。私、噴き出しそうになったけど、必死で我慢したわ。アッハッハッ、ああ、おかしかった」

思えば結婚して数年は、家内はこんなに明るく笑ったりはしなかった。結婚当初は私の帰宅も遅かったし、私の実母もしばらく同居していた。また経済的にも苦しい時期が続いていた。家計のやりくり、近所づきあい、母にも私にも気を遣い、心が休まる暇がなかっただろう。ほっとした表情を見せるのは小山の実家に帰ったときぐらいで、さまざまなことに耐えて生活していたように思われる。

それが子どもが生まれ、さらにアルマンを飼い始めてから、しだいに生来の明るさが戻り、エアデールを飼おうとする頃には、大きな声で笑うようにもなった。子どもや犬との楽しい時間を共有しているうちに、私たちは互いをよりよく知り、理解が深まっていったといえるのかもしれない。アルマンは、私たちの絆《きずな》を強めてくれた存在でもあったのだ。

家内の朗らかな笑い声に、思わず感慨にふけってしまったが、こんなわけで二代目としてエアデールテリアを迎えることになった。

アルマンが逝って約一か月後の十二月十八日のことだった。雄のエアデールで、十三匹生まれた子犬の中のリーダー犬であった。他の子犬と区別するため、グリーンの毛糸が首に巻かれていたので、私たちは「グリ」と名付けた。

リーダー犬であっただけに、何物にも臆することなく、好奇心旺盛で、生後三か月を迎えた一月下旬にはその賢さの片鱗《へんりん》を見せた。

ある日の午後、家内が風邪をひいて咳が激しかったため、私はグリの首に紐を結び、車の通らない裏道を選んで薬屋へ行った。雪の降った朝だった。くねくね曲がった道と畑の中を通って小さな公園に着いた。この間約七〇〇メートル。この公園の片隅にある鉄棒に紐の端を縛りつけて三〇メートルほど離れた薬屋に行き、戻ってくると、なんとグリの姿が見えない。鉄棒に縛ったはずの紐も見当たらない。グリを盗まれたと思い、背筋が凍りついた。

「グリ！　グリ！」

「グリ！　グリーッ」

叫びながらあたりを走り回ったが、どこにもいない。額と手のひらにはぐっしょり汗がにじんできた。胸が早鐘のように打つ。ああ、家内ががっかりするに違いない。ともかく電話をかけよう。

「ああ、俺だ。薬を買って戻ってきたら、グリがいないんだよ。もうちょっとこの辺を捜し回ってみるから」

「だいじょうぶよ、お父さん。グリね、一人で戻ってきたのよ。つい今しがた門の前で吠える声が聞こえるから、出てってみたら、首から紐をぶらさげてちょこんと座ってたの」

「エーッ！」

安堵《あんど》のあまり、その場にへたり込みそうになった。

初めての道で、私たちでもわかりにくい曲がり角の多い雪道だったのに、三か月ちょっとの子犬がよくも帰れたものだ。これを皮切りに、グリはアルマンとは一味も二味も違う賢さを随所に見せるようになる。こんなグリを家内はすっかり気に入り、お風呂で入念に洗っては家の中に入れて半日かわいがる、というふうになった。

エアデールの才気煥発《さいきかんぱつ》ぶりとやんちゃな気性は、テリア種に共通のもので、この性格をかわいいと思ったら、どんどんのめり込んでいく。長男は五歳になり幼稚園に通っていたので、家内は三歳の次男とグリを連れて散歩するのが日課となった。

そしてグリが四か月になった二月中旬、思いがけない事故が起きた。グリが車にひかれたのだ。三歳になったばかりの次男が、現場から七〇〇～八〇〇メートル離れた家まで、ひとりでよちよち帰り、片言で私に訴えたのであった。

「お父タン、グリひかれた、グリひかれた」

次男がうちの近くの東京神学大学の方向を指差したので、私はすぐに自転車を引き出し、次男を乗せて猛スピードで駆けつけた。だが、一帯を眺めまわしても家内の姿もグリの姿も見当たらない。

家内は、アルマンがお世話になった小金井の獣医さんから電話をかけてきた。グリをひいた建設会社の社長さんが、そこまで運んでくれたのだという。

のちに家内に聞いた話によると、そのとき家内は東京神学大学近くの通称タイヤ公園入り口で、知り合いの奥さんと立ち話をしていたという。グリのリードを握っていたのだが、道をはさんだ砂山の上で遊んでいた次男が大声でグリの名を呼んだので、グリは駆け出し、リードが離れた。グリが道を横切ろうとして、ちょうど走ってきた車とぶつかったのだ。

もしあのとき知人と立ち話をしなければ、もっと強くリードを握っていれば、次男を砂山ではなく公園内のブランコで遊ばせていれば……と、たくさんの「もし」が、その後家内を苦しめたのであった。

グリは左の後肢をひかれ、大腿骨頭《だいたいこっとう》が頸部でポキッと折れていた。入院生活は二か月半にも及んだのである。やっと退院の日を迎え、私たちは喜びいっぱいでグリを連れ帰った。

そのとき、人間不信に陥っているのではないかと、一抹の不安が私の胸をよぎった。

しかし、グリを事故に遭わせてしまったという自責の念と不憫《ふびん》さと退院を迎えた喜びから、以前にも増してかわいがる家内の努力の前に、退院当初は覇気がなくおどおどしていたグリも、十日後には見違えるほど元気になった。不自由になった左後肢の障害も少しずつ目立たなくなっていき、また家族ぐるみの散歩を再開したのだった。

昭和五十八（一九八三）年春、私は医学部を卒業し、三鷹から栃木県小山市へと転居することになった。三世代が住める新居が完成するまでの二年半、マンション住まいになるので、グリは歩いて数分の義父母宅の庭で過ごすことになった。その庭は日当たりがよく広かったので、放し飼いにされて、自由を満喫していたと思われる。

そのとき私は自治医科大で修業中の身、超多忙でなかなかグリに会いに行けなかった。家内はといえば小学生になった長男、幼稚園児の次男に加え、昭和五十七（一九八二）年夏に生まれた長女を抱え、昭和六十（一九八五）年一月には三男も生まれ、実家にグリに会いに行く暇はそうはなかった。むしろ、義母が様子を見にマンションに来てくれることのほうが多かった。

いきおい、私の都合がついた、たまの日曜日に皆でグリを見にいく程度で、格別グリの心象の変化には気づかなかった。しかし実はこの間に、グリの心の中にはわがままな自己中心的思考が芽生えていたのだった。

昭和六十（一九八五）年夏、グリが五歳になろうとする頃、隣家のおじいさんを咬んだ。私は一升瓶を持って謝りに行った。ガブリとひと咬みしただけで、人の命を奪うようなものではなく、傷もそう深くはなかったのは幸いだった。とはいえ、エアデールは体重約三〇キロとシェパードに並ぶほど大型で、しかも顎の力が強く、牙は太く長い。ひと咬みとはいえ、咬まれたほうはたまったものではない。

その年の十二月に新居が完成し、二年半ぶりにグリと同居することになった。また従順になってくれるだろうと期待したが、グリの問題行動はエスカレートするばかりであった。うちの診療所で働く看護師さん、その息子の小学生、車の営業マンなど、結局七人を咬んだ。他の犬に対しても攻撃的で、グリは秋田犬も組み敷くほど強かった。

ある日、義父母が飼っていたシェルティの「ロン」にも突進し、あっという間に組み敷いた。よほど慌てたのだろう。義父はしわがれた声で「これ、グリッ、やめろ！」と怒鳴った。私がすっ飛んでいってグリを抱え上げたので、事なきを得た。

出入り口のドアは壊れて倒れ、義父は尻もちをついてゼイゼイ肩で息をしていた。顔は青ざめ、眼鏡の奥の目もつり上がっていたが、義父の偉いところは、こんなときでも、決して私にあたらなかったことだ。怒鳴りつけたかったであろうに、娘の夫である私とその飼い犬のグリに対して怒りを抑え、じっと耐え続けた。

こんなふうにちょっと気を許すと人を咬み、よその犬に飛びかかろうとするグリを庭に放しておくわけにはいかず、一坪半ほどの檻《おり》を設置し、その中に寝小屋を置いた。基本的には檻の中に入れて、朝と夜に散歩に連れ出す。そのほか、私か家内がいるときだけ檻を開いて、庭に放すことにした。

だが、グリは檻に屋根代わりに並べた板に、激しくジャンプして頭突きをくらわし、ずれた板の隙間から脱走した。動かないように板をしっかり固定すると脱走は諦めたものの、今度はいったん庭に放したら、「さあ、ハウスに入りなさい」と指示しても従わない。しまいには私をにらみつけ「ウーッ、ウォーッ!」と脅しのうなり声をあげるようになった。

そのうえ、爆発音に対して過剰な反応を示すようにもなった。花火の音や雷が聞こえると、異様に興奮し、檻の中をぐるぐる回って「ギャオン、ギャオーン」と叫び、屋根板に頭突きを繰り返す。グリのこの狂ったような行動によって、私は初めて土曜や日曜の朝六時には、必ずといっていいほど、どこかの店の開店祝いや安売りの花火が上がることを知った。遠くからのどんなかすかな花火の音でも聞き逃がさず、グリは狂い始める。

近所迷惑になるのではないかと恐れ、グリが吠え出すと私は飛び起きる。まだ肌寒い早朝、パジャマのままで「ダメ！　吠えちゃダメ！」と叫び、運動靴をはいて庭に飛び出た。そして自転車による散歩が習慣となった。自転車で二十分も走らせるとさすがに彼は息が切れて、しばらくは檻の中でゼイゼイし、水をガブガブ飲んで落ち着くのだった。

この頃、私は自治医大でラットを利用しての実験に打ち込んでいた。もちろん外来患者や入院患者の治療も並行してやっていたので、入院患者の具合が悪くなれば夜中でも日曜でも病院に駆けつけなければならなかった。

何もなければ、週一回だけゆっくり眠れるはずの日曜の朝なのに、六時になると、グリの吠え声とともに飛び起きる私を見て、家内は私が身体を壊してしまうのではないかと案じていた。

そして昭和六十三（一九八八）年七月初めの日曜日の昼頃、またちょっとしたトラブルが起こった。庭に放されて落ち着いていたはずのグリが突然ジャンプして、物干し竿《ざお》にぶら下げておいた私のお気に入りの水色のワイシャツを引きずり落とし、その上に満足気に寝そべったのである。

それを目にしたとき、ついに堪忍袋の緒が切れてしまった。

「毎週土日に花火が鳴る町の中はこいつにゃ向かないね。花火なんか鳴らない山奥に住むべきだね。僕の患者さんが南那須の山奥に住んでてさ、そこの家でも犬を飼ってるんだけど、グリも一緒に飼ってもいいと言ってくれたから、そこに頼んでくるよ」

私はグリを車に押し込んだ。

こうして八歳目前の左脚が少し不自由なグリは、私の患者さんの住む南那須にもらわれていった。だが約十日後に、つないでおいたロープを咬み切って姿を消したという。その後一か月ほど、あの賢いグリなら戻ってくるに違いないと私は待ち続けたが、ついに姿を現すことはなかった。

鬼怒川《きぬがわ》と荒川《あらかわ》の二つの大きな川をはさんで五〇キロも離れており、しかも自動車の往来も激しい。あの卓越した能力を持つグリといえど、自分の育った家に帰るのは至難の業だったのだろう。いや、グリにしてみれば、「あんな家になんか戻ってやるもんか。オレは山の中で自由に暮らすんだ」とでも考えたのかもしれない。

飼い主に牙を剝いても媚《こび》を売るのを拒んだ自由奔放なヤンチャ犬、孤高の戦士グリは、恐ろしいまでの能力を散々見せつけ、私たちの前から姿を消した。

彼の能力を生かせなかった残念な思いは、随分長く私たちの心に居座り続けた。今でもグリを思い出すと、最後まで飼い続けられなかったという、苦い思いが蘇《よみがえ》るのである。

●愛情深くて従順なブルドッグ

グリがいなくなり、今度はブルドッグを飼おうと家内と話し合った。アルマンを飼い始めたときから、私たちは犬の展覧会やドッグショーを見に行くようになった。駐車場には犬を乗せた車が続々と集まってくる。たまたま私たちの隣に停まった車に、ケージに入れられたブルドッグが二、三頭いた。

手で触れるほど近くでじっくり見てみると、愛嬌《あいきょう》のある顔や体つきがかわいく、しぐさもたまらなくかわいい。水をがぶがぶ飲みながら、だらだら口から垂らしているのが、またかわいい。

以前住んでいた三鷹の家の近所に、ブルドッグを飼っている人がいると聞きつけ、訪ねた。すると、柵の中にいたブルドッグの成犬が、私たちを見てよちよち駆け寄り（？）いきなりジャンプして跳びつこうとした。ところが、せいぜい四〇十センチ程度の柵なのに飛び越えられず、その柵につかまって、私たちを眺めるのが精いっぱい。アルマンならひとまたぎなのに、と思ったものだ。グリだってお茶の子さいさいだろう。

でも、そのどんくさいところがなんともかわいくて、見飽きなかった。当人はどんくさいなどとは思っておらず、一生懸命なところも愛らしかった。

そんなわけで、グリを譲渡して一か月半が経った昭和六十三（一九八八）年八月、矢板在住の有名なブルドッグ繁殖家のＩ氏を訪ねた。この日は六歳になって間もない長女まいが通っていたピアノ教室の発表会があった。午前中にたどたどしいまいの演奏だけを聞いて、その後の演奏や打ち上げパーティをすっぽかし、家内と小学五年の大二、三歳の喜國を車に乗せて、私は矢板に向かった。

グリの失敗から「リーダー犬ではなく、一番おとなしそうな犬を求める」というのが、その頃の私たちの指針となっていた。

Ｉ氏は不在だったが、奥さんがもうすぐ四か月を迎えるブリンドル（虎毛）の雌の子犬を見せてくれた。実に愛らしく、ブルドッグ特有の前軀低く腰高。その腰を振り続けて私や家内の膝に座り、末っ子の喜國の手をしゃぶったりと、愛嬌たっぷりの姿に私たちはたちまち心を奪われてしまったのである。

このブルの子犬の名前をどうするか、みんなで案を出しながら帰路に就いた。結局、私の案「ポコ」が、長女まいの賛成を得て採用された。

ポコを飼い始めたこの夏頃より、昭和天皇が病で倒れられ、国民の多くが胸を痛めていた。そして、翌昭和六十四（一九八九）年一月七日に崩御され、一月八日から平成と呼ばれることになった。

この平成元年春、まいは小学一年生になったのだが、ポコと驚くほど相性がよく、ポコはまいの帰りをひたすら待つようになった。

まいは登校時は「行ってきまあす」と玄関から出ていくのだが、帰ってきたときは、玄関ではなく診療所脇の裏門から入ってくるのが、なぜか習慣になっていた。そして、帰途道端で手折った野草の花を一、二本持って、診療所の窓を叩《たた》く。

「まい？　お帰り」

私が窓を開けると、まいは花を手渡してくれる。

「お父さん、ハイッ」

それから彼女は私に背を向け「ポーコ、ポコ、ポコ」と呼びながら歩き出す。まいの帰りを待ちわびていたポコは一目散に駆けつけ、まいの靴に「ガフ、ガフッ」と軽く咬みつきながら、中庭を通り玄関までまとわりついていくのが、日課だった。まいとポコは大の仲良しとなり、ポコはいつもまいにくっつく、いわば「まいの犬」になったのだった。

やんちゃなグリの後釜だったので、ブルドッグ特有ののんびりしたしぐさ、一見ブスとしか言いようのないあどけない顔、無駄吠えの少なさ、飼い主への絶対的信頼は、初代グレートデンのアルマン以来、久しぶりに私たち家族に安らぎを与えてくれた。グリのときはゴワゴワとかたくなる毛の手入れに苦労したものだが、毛の短い犬は本当に楽だとしみじみ思った。

ブルドッグの飼育をしてみて一番驚いたのは、なんといっても飼い主の気持ちを非常によく察することだ。訓練性能の点ではシェパードやラブラドールレトリーバーとは比べものにならないが、飼い主のそのときどきの気持ち、感情の動きを、ブルドッグほど感知する犬はいないのではなかろうか。なでてやりたくなって名を呼べば、身体を振って飛んでくる。ごつい頭をグイグイ押しつけて甘えてくる。こちらがいい加減飽きて、

「もういいよ、そっちで座ってなさい」

と言うと、もっと甘えていたいはずなのにすごすご離れ、そばに座ってじっとしている。そのうち伏せてグウグウイビキをかいて眠ってしまう。叱られたときなど、哀しそうなまなざしに涙まで浮かべてしょげかえる。飼い主のそばにさえいられれば、あるいは飼い主の姿を見られる場所にいさえすれば満足している。

イビキはすごいもので、夜、私たちの寝室まで「ガー、ゴー、グー、ゴー」という激しい雑音のような音が聞こえてくる。でもこのイビキが寝ている私たちにも安心感を与えてくれるようになるのだから、なんとも不思議な魅力を持った犬種だった。

この頃、私はブルドッグが寒さにも弱く、夏の暑さにも極めて弱いことを、まるで認識していなかった。もちろん、解説書による知識はあったのだが、暑さに弱いといっても具体的に何度ぐらいなのか、湿度は何パーセントぐらいなのかなどの記述は見当たらなかったので、それぞれの土地に応じて、また飼育小屋を置く条件によって、十分順応性はあるだろうと考えていた。

これが大間違いだったのだ。

私が義父の医院を継いで開業した平成二（一九九〇）年の秋分の日、日曜日と重なり連休となった。この年の釣り納めをしたい気持ちもあって、私と妻と五歳になった三男喜國、二歳半になったポコを車に乗せ、那須へと向かった。このときなぜまいが一緒でなかったのかは思い出せない。

残暑が厳しくとても暑い日だった。車の中はクーラーをつけているのに三十度の目盛りを指しており、それ以下には下がらなかった。クーラーをつけていての三十度は、人間にとっては決して我慢できないほどの暑さではない。しかし、ブルドッグにとっては閉め切られた空間で致命的な暑さであったことを、あとで知ることとなる。

スーパーに立ち寄って、家内が買い物をしている間、私は車の中でクーラーをつけたままポコと十五分間ほど待っていたのだが、その間にポコはガハーッ、ガハーッと喉の奥からつばを飛ばしながら激しい呼吸をするようになった。だが、真夏の思川への散歩でこんな様子を見慣れている私は、格別危機感を抱かなかった。ちょっと苦しそうだが、ナニまた走り始めれば、少しはクーラーの効きもよくなって、今よりは楽になるだろう、と軽く考えていた。やがて家内が買い物を終えて車に戻り、再び那須へ向かって出発した。鹿沼から東北自動車道に入り、走り続けた。私はパジェロの三列目の椅子を一個だけ下ろしてポコを乗せていた。

ポコはガハーッ、ガハーッをやっては、二列目の背もたれ椅子に前肢をかけて立ち上がったり、床に下りたりを繰り返していた。そしてやっと西那須野《にしなすの》に差しかかったあたりで、ポコはジープの最後尾の床に下りて横たわってしまった。

「おい、ポコが妙に静かになったぜ、様子を見てくれないか」

家内が後ろを覗き込んだ。

「あら、いやだ。ポコったら。床にウンコをしてね、そのウンコに顔をくっつけて眠ってるわ」

「そうか、暑くて疲れちまったんだろうなあ。やっと那須に近づいて車の中も少しは涼しくなったからほっとしたんだろ。でも……このまま那須の家に行っても、ウンコしてるんじゃ困るな。よし、僕がときどき行く山奥の渓流があるんだ。なんとかジープなら入れるところだから、直行しよう。そこでポコを洗ったり、車の床も洗ったりして、それから那須の家に向かうことにしよう」

「そうね、それがいいね。ポコッ！　ポコッ！　待っててね。もうすぐだからね」

奥の渓流にたどりつき、爽やかな山の空気を吸い込みながら私は車のドアを開けた。

「ポコ、着いたぞ。ポコ、今日は暑かったろ、ほら、起きといで！」

ポコは全く動かない。ポコを抱き上げようとして私はギョッとした。身体が少し冷たいうえに呼吸をしている気配がない。

「おい、大変だ。ポコが死んでるぞ！」

心臓がドキドキし、手足がガクガクした。家内も驚いて車から飛び出してきた。そして叫びながらポコを揺すった。

「ポコ起きて！　起きて！」

激しい脱力感が私たちを襲った。真夏の三十五度を超える庭でも、家の陰に入ってふた夏を過ごしたポコが……。真夏でもゼーゼー、ガーガー言いながら思川を往復したポコが……、なぜ三十度のクーラーのもとで呼吸停止を起こしたのだろうか。なぜ急に静かになったとき、すぐこの異変に気づかなかったのだろうか。誰も責めることはできなかった。

しばらくして気を取り直した私たちは、近くの大きな木の根元にシャベルで穴を掘り、ポコを埋めた。車の中も洗い、悄然《しょうぜん》として那須の家にたどりついた。とても釣りなどする気にはなれなかった。

翌日、小二になっていたまいは、泣きながら私たちを責めた。

「お父さんたちがポコを殺したんだからね、ワタシがいない間に……」

十月末、私たち家族はポコを埋めた渓流を訪れた。きれいな板を購入して、上部にポコの顔を描き、その下に「愛犬ポコ　ここに眠る」と記した墓標を土に打ち込んだ。

それから毎年秋になると、まいのかけ声で剪定鋏《せんていばさみ》や鎌を持って、この谷間を訪れるようになった。ポコの墓の周りの雑草や木の枝を切り、持参した花を手向ける。

我が家の初代ブルドッグ、ポコは平成二（一九九〇）年九月二十三日、二歳半の短い生涯を閉じたのである。

●四か月半で逝ったチンペ

ポコを失って二週間、私たちは寂しくてたまらず、じっとしていられなくなった。犬種はもうブルドッグ以外頭になかった。人間が好きで、おとなしくてかわいさのかたまりだったポコが頭から離れなかった。

宇都宮に血統のよいブルの子犬がいることを知り、繁殖した先生宅を訪ねた。四匹の子犬のうち三匹はすでに新しい飼育者にもらわれ、雄が一匹残っていた。アメリカチャンピオンの子で、生後約三か月。顔貌も、レッド&ホワイトの被毛も美しい。

この子を迎え入れ、当時大人気だった『ウルトラマン』に登場する子ども怪獣の名をとって、「チンペ」と名付けた。別称「貴公子」である。

ところが、うちに来て約一か月でチンペの眼球の内側に、サクランボのような真っ赤な腫瘤《しゅりゅう》ができた。仰天した私はすぐ先生に電話をかけた。先生は少しも慌てずこう言った。

「ああ、それは瞬膜ですね。軽度の場合はステロイド眼軟膏《がんなんこう》をつけるだけで引っ込むこともあるんですけど、それでも治まらない場合には、手術になります。もし手術するなら宇都宮の獣医さんを紹介しますから、どうぞ遠慮せずに連絡ください」

これは「チェリーアイ」とも呼ばれるもので、当時は眼薬による治療か、手術しか方法はなかった。眼薬を取り寄せて朝晩塗ってみたが効果はなく、やむを得ず手術を考えるに至った。宇都宮に連れていこうかとも思ったが、まず小山で評判のよい獣医に相談してみた。

「生後四か月半のブルドッグの子犬を飼っているのですが、チェリーアイが出現したのです。この手術は難しいものなのですか？」

「チェリーアイの処置を、手術なんて言ってもらっちゃ困りますね。あんなのは手術のうちに入りません。ともかくすぐ連れてきてください」

この力強い言葉にそんなに簡単なものならと勇気づけられ、私と家内は早速チンペを連れて獣医を訪ねた。

獣医は両眼に局所麻酔薬を落とし、先の鋭い鋏を取り出して一気に右の突出した瞬膜腺をチョキチョキと切り取った。

「こんな簡単なものですからね、手術なんて言われちゃ困るんですよ」

だがこの時点でチンペは恐怖に襲われたようで激しく尻込みし、私はチンペを斜め後ろから抱きかかえるかたちになった。その瞬間、突然獣医さんの奥さんが、手練の早業でチンペの真後ろから口輪をさっとかぶせた。これが重大な結果をもたらすとは、このときは誰も思ってはいなかった。

手術が終わり口輪を外した。だが、チンペはもう意識を失っていた。横倒しになり、呼吸は荒く口の端からよだれを流し、呼吸のたびに唾液というより水滴がピュッ、ピュッと飛び出た。獣医は慌てて心臓マッサージを始めたが、チンペの意識が戻ることはなかった。

私は手術室の外のベンチに座って待っていた家内のところへ、やっとの思いで出ていき、「チンペが死んだ」と伝えた。肩がこって苦しく、息をするのも辛かった。家内も茫然《ぼうぜん》として、言葉もなかった。私はチンペを抱き、ギクシャクとしたロボットのような足取りで医院の玄関を出、深いため息をつきながら、家内に運転してもらって自宅に戻った。

ひどく重苦しくせつない感情が込み上げてくる。ダンボールに納めてみたが、目をつぶったしわくちゃのチンペの顔を見るのはあまりに辛く、永山家の歴代墓所のあるお寺に電話をし、うちの墓所のそばに子犬を埋めさせてほしいと伝えた。寺は快く引き受けてくれたので、私たちは重い腰を上げ、ため息をつきながらシャベルを持った。チンペをダンボールごと抱いてお寺へ行き、永山家の墓所のすぐそばに埋めた。

後日、那須のポコの墓にならって〈平成二年十一月十五日　愛犬チンペここに眠る〉と墓標を立て、線香をあげた。このときから私たちは春と秋の彼岸、お盆など、永山家の墓を訪れるたびに、チンペの墓にもお線香をあげるようになった。

あとで知ったのだが、ブルドッグは呼吸系が非常に弱く、口輪をはめられたのが致命的だったようだ。チンペはまだ四か月半で、かわいいさかりであった。

それまでは犬を失うとすぐ次の犬を求めて動き出していたのに、さすがに私たちも自信を喪失し、ポコとチンペを偲《しの》んでは悲しみを深くするのであった。

●ついに出会った理想の犬・まる子

チンペが亡くなって二か月ほど経ち、ふと立ち寄った犬舎で、見事な雄のグレートデンを目にした。飼うならブルドッグと決めたはずなのに、アルマンのかわいかったことを思い出し、そのグレートデンの子犬を欲しくてたまらなくなった。必死に家内をかき口説き、ついに了解を得たのである。

平成三（一九九一）年一月末、かわいい子犬がやってきた。名前は「マックス」とした。マックスが生後七か月半になった頃から、私はマックスとのジョギングを開始した。体重は六〇キログラムと充実し始めたマックスは、見事に私のジョギングの相手を務め、毎晩二、三キロは私と一緒に走り続けた。

だが、マックスとの生活を楽しみ、美しい見事なグレートデンに満足しつつも、どうしても私の心から一抹の寂しさは消えなかった。あの不格好ながらかわいさのかたまりだったブルドッグの顔や姿が思い出され、グレートデンの対極にある犬として比較してしまうのであった。

ブルドッグにはスマートさはみじんもないが、あふれんばかりの飼い主への愛がある。非常に味のある犬なので、一度ブルを飼った人はずっとこの種を飼い続ける傾向があるという。まさにその現象が私の心にも、また家内の心にも、わいてきたのだった。

その年の七月三日、家内と私は以前住んでいた三鷹を訪れ、長男弓人と次男大二が幼かった頃の友人の家で歓談したあと、府中の画家、豊田さんの家を訪ねた。

『愛犬の友』に豊田さんが六匹のブルの子犬を繁殖したことが記されていたので、見せてもらおうと立ち寄ったのだった。六匹のうち一匹はすでに予約されており、残り五匹が購入の対象と考えられた。

五月五日に生まれ、ちょうど二か月を迎えた子犬たちは、心身ともに健全で同じ大きさに育っていた。六匹中五匹が白地に赤、一匹が赤地に白だった。この赤地に白は雌で、他の五匹に踏みつけられながらもくじけず立ち上がり、私と家内に愛らしいまなざしを向けた。リーダー犬はダメという家訓にしたがって、踏みつけられているおとなしそうなこの雌の子犬を譲っていただくことにした。

この子犬こそが、私たちにとって生涯の理想の犬となる「まる子」である。七月三日は私たちがまる子に出会った、忘れ得ぬ日となったのである。まる子の父犬はアメリカチャンピオンのチャーチル・ロード・ダッドリー、母犬もアメリカチャンピオン、ディングマン・ブロードウェイ・ジョーの娘という申し分のない血統であった。

府中から来た子犬はうちの子どもたちにも大歓迎され、この頃流行《はや》っていたテレビの『ちびまる子ちゃん』にちなみ、「まる子」と名付けられた。まる子は生まれてちょうど二か月、変なクセもなく、愛らしく従順で私たちの理想どおりに育っていった。

マックスとも気が合い、仲良く並んで座っていたり、じゃれ合っている姿を見るのは、至福の時間であった。そして、このときから、一匹飼うだけでは満足できず、常に数匹、飼うようになったのである。

　まる子は聞き分けがよく、家の中に入れても、私たちが夕食をとっている間も食べ物をねだることはなく、静かに伏せってかわいい恰好で寝入ってしまう。庭に放していても、全く問題はなかった。押し売りと客を見分けて、押し売りに対しては「ウ〜、ウォン、ウォン」と吠えるが、お客さんに対しては、短いくるくるとねじ曲がったしっぽを、お尻ごとクリックリッと振って歓迎する。

　家内と私は二週間に一回、まる子をお風呂できれいに洗い、その夜だけは私たちの寝室で朝まで一緒に寝るようになった。家内の布団におずおずと入って寝たり、暑くなると畳に寝たり、私の掛け布団の上に寝たり、そのしぐさはかわいさのかたまりだった。まる子こそ理想の犬だと、私たちはしだいに確信するようになった。

　ところが、まる子が八か月になり、初めての月経が始まると、その数日前から雄のマックスの様子がおかしくなり、食欲も落ちてしまった。散歩に連れ出しても、まる子のいる家に必死に戻りたがる。疲れ知らずの子どものようになるので、ジョギングだけでは不十分で、自転車による散歩も開始した。まる子が月経中の興奮は約三週間で治まるのだが、マックスの荒れ狂う心を静めるため、また近所迷惑にならないように、私は夜も早朝も自転車で散歩させた。これにはほとほとまいった。

そして、私はこの後の三年間に、まる子月経時の自転車散歩中、激しく疾走するマックスに引っ張られて転倒し、膝の骨にひびが入るほどの怪我を四回も負うことになる。

平成五（一九九三）年六月二十三日、まる子が二歳を過ぎた頃、宇都宮の先生から紹介していただいた千葉県のＴ氏を訪ねた。イギリスから輸入されてＪＫＣチャンピオンをとった、Ｔ氏の飼い犬とまる子を交配させたのだ。

ブルドッグの交配は容易ではないが、まる子は無事妊娠し、ちょうど二か月後の八月二十三日、出産のときを迎えた。ブルドッグは母犬の骨盤が小さいのに、生まれてくる子犬は頭が大きいうえに肩が張っているので、出産は帝王切開になる。

このとき取り出した七匹の子犬のうち、一匹は羊水を吸いすぎて助からず、一匹は口蓋裂のため処分することになった。残り五匹が助かり、まる子の初乳を飲ませることができた。雄二匹、雌三匹。先生ご夫妻のみならず、私の弟夫婦も来てくれ、子犬の誕生を喜んでくれた。

こうして、今度はまる子とともに、子犬育てが始まったのである。生後一か月でやっと立ち、数日後にはよちよち歩くようになった。生後四十日で三キロぐらいになった。この頃のかわいさはたとえようがない。私が仕事を終えて自宅に帰ると、子犬たちは我先にどっと駆け寄ってくる。疲れが吹っ飛ぶとはまさにこのこと。一匹一匹抱き上げて、頬ずりしてしまう。

だが『愛犬の友』の出産の記事を見た方々から問い合わせがあり、生後二か月頃、次々に新しい飼い主にもらわれていった。一匹去るごとに「ああ、あの子をうちに残したかった」と思い、最後の一匹が去るときは実に辛く寂しく、手放したことを悔いた。そしてあの子たちは幸せに暮らしているだろうか、などと心配したものである。

ただ、Aliceと名付けた子犬は、宇都宮に住む弟が飼ってくれることになり、たびたび会いに行けたし、弟も小山にしょっちゅう連れてきてくれたので、私たちは幸せで嬉しい時間を何度も味わえた。

そして翌平成六（一九九四）年一月、今度はマックスに大きな転機が訪れた。川越に住む知り合いの医師宅に泥棒が入り、強力な番犬が欲しいからマックスを譲ってほしいと、頼まれたのだ。マックスはまる子の子どもたちもかわいがり、踏まないように注意深く脚を運んでは子犬たちのにおいを嗅ぎ、ご機嫌の日々を送っていた。だが、マックスとの自転車散歩で四回も大怪我をした私は、ついにこのとき、手放してもよいかと考えるに至った。でもマックスにも飼い主を選ぶ権利がある。

「ともかく一度いらしてください。先生が気に入り、マックスも先生が気に入るようなら、お譲りします」

私が那須に行くとき、しばしばジープに乗せてマックスも連れていったので、マックスはジープが大好きだった。なんと、川越の医師もジープで来宅したのだった。マックスはさっとジープに乗り込み、椅子に座り込んだ。那須に行けると思ったのだろう。家内が同乗して川越まで行き、帰宅してこんな報告をした。

「とても大きい立派なおうちだった。庭も芝生が広がっていて、マックスはおうちの中に入れてもらったものだから、ご機嫌に伏せしたりしちゃって。完全にあのおうちと先生ご夫妻を気に入ったみたい」

私はほっと胸をなでおろしたのである。

だが、マックスがいなくなり、まる子だけになったとたん、私たちは大きな寂しさに襲われ、まる子もたちまち元気をなくしてしまった。ちょうどそのとき宇都宮の先生から電話が入り、「イギリスからブルの写真が届いたのですが、とてもよさそうです」と言う。私はすぐに宇都宮に向かい、その日のうちに写真の子を迎え入れることを決めた。

二月末、この子犬は飛行機の貨物室に積み込まれ、イギリスから成田へ、成田から車で小山にやってきた。雌の子犬で「プリン」と名付けた。しばらく、まる子とプリンの二匹のブル時代が続いたのだが、どうしてもまる子の子を一匹我が家に残したいという思いが強くなった。

そこで平成八（一九九六）年七月、埼玉県北本市で飼われていたチャンピオン犬「シェディ」と交配させたのである。九月十日、帝王切開で雄がただ一匹誕生した。美しいレッド&ホワイトのこの子犬「テリー」が加わり、我が家はブル三頭の黄金時代に入った。

それで満足していたはずなのに、また美しいグレートデンを飼いたくなり、平成九（一九九七）年三月に雄のグレートデン「アロン」を、翌年八月には雌のグレートデン「コニー」を迎え入れた。

一方、平成六（一九九四）年に川越の医師に譲り渡したマックスには、三回会いに行った。仲良しだったまる子も連れていったときのマックスの喜びようは格別で、あの大きな体でまる子の周りをぴょんぴょん跳ねまわっていた。しかし翌年八月熱中症で倒れ、一度は持ち直したものの十月に息を引き取った。四歳八か月の短い命であった。

一時持ち直したとき、私は彼に会いに行った。マックスは家の中に入れてもらって横たわっていたが、私を見るとにじり寄ってきて、私の膝に抱かれ、医師宅にお邪魔していた二時間あまり、ずっと私の顔をなめ続けていた。マックスは手放した飼い主に腹も立てずに、慕い続けてくれたのだ。思い出すと今でも胸が熱くなる。

アロンはちょうど一歳のときに私と庭で遊んだあと突然死し、プリンはなぜかまる子にしきりに咬みつくようになったので静岡の繁殖家のもとへと手放した。

こうしてまる子とテリー、コニーの時代となった。三匹が仲良く寄り添う姿は、私たちに大きな満足感と喜びを与えてくれたのである。

平成十四（二〇〇二）年十一月二日、私は七時に起きて、まる子に声をかけた。

「まる子～、おはよ～」

だが、まる子が目覚めることはなかった。まだ体には温もりが残っていたので、未明に逝ったのだろう。

前夜は八時半に家内とともに散歩し、さらに十一時半には、私と二人だけで、いや一人と一匹での散歩を楽しんだのに……。この二度目の散歩のときは、雨のあとだったせいか数十メートル先の街路灯がぼんやり浮かび上がって見えるほど、靄《もや》が深く立ち込めていたが、まる子は足どりも軽く私と歩き、おしっこをし、うんちをした。私はすぐにそれをビニール袋に包み持ち帰った。まる子は水道の蛇口に直接口をつけて水を飲み、家の中のまる子の寝床に入り、十分後にはグウグウと軽いイビキをかきつつ寝入ったのだった。

生後二か月ちょうどで我が家に来たときから、まる子は驚くほど私たちの心を汲み取り、かわいくて手のかからない理想の犬だった。あまりにもかわいいものだから、まる子の子どもを残すべく二度の交配を決意し、まる子も帝王切開によく耐えて、合計六匹の子犬を私たちに抱かせてくれた。実に楽しい日々を私たちにプレゼントしてくれたのだ。

この日は土曜日だったので、午後、涙をこらえながらまる子を那須の山小屋に運んだ。その日の朝那須には初雪が降り、茶臼岳《ちゃうすだけ》の山頂付近は白い雪で覆われていた。

まる子の顔だけ出して身体をシーツに包み、前庭に一メートル以上の穴を掘り、枯れ葉を敷いてその身体を横たえ、別れを告げた。涙が止まらない。その周りの数十本の樹木も、吹き抜ける風に色づいた梢《こずえ》をざわめかせ、まる子の死を悼んでいた。

「まる子や……いろいろ……ありがとう」

口をついて出てくるのはこの言葉だけであった。線香が消えるまで五十分ほどかかり、燃え尽きたときには辺りはすっかり暗くなっていた。

ブルドッグにしては長寿で、十一歳半であった。

いつか別れの日が来ると覚悟していたものの、その寂寥《せきりょう》感はたとえようもなく、しみじみとした悲しみが、波のように胸に打ち寄せるのであった。

そしてなんと、半年後の平成十五（二〇〇三）年四月三日には、まる子の忘れ形見で拙著『ブルドッグにたどりつくまで』の表紙を飾ったテリーまでが六歳半で息を引き取った。腸閉塞による突然の死であった。相次いだ愛犬の死は骨身にしみた。

●「ルビー・大和時代」に突入

テリーが死んだ六日後、権現堤《ごんげんづつみ》の桜を見に行った四月九日に、栗橋《くりはし》のブルドッグ繁殖家を訪ねて雌のブル「ルビー」を購入した。そして七月二十七日には宮城県まで往復して雄のブル「大和《やまと》」を買い求め、平和な暮らしを再開した。大和はテリーに実によく似ていたのである。

以来、彼らとともに暮らした八年有余の間に、我が家の四人の子どもたちのうち三人までが結婚し、次々に五人の孫を授かった。つまり「ルビー・大和」時代は、私と家内が子育てという第二の人生を終え、孫たちに出会える第三の人生の幕開けの時期に重なっている。

ブルドッグはあまり賢い犬種とは思われていないようだが、私の目には人間との知恵比べも可能と思えるほど頭のよい犬に映っている。

例えば、ある日大和は、私が食卓に座ろうとすると、その前にサッと私の椅子に跳び乗って、じっと私の食事が並べられるのを待った。日頃彼は私の食事の残りをいつでも引き受ける覚悟でおり、それが地球に優しいことだと考えている様子なのだが、この日突然彼は「毒見役も引き受けよう。それがご主人様のためになる」と思いついたらしいのだ。しかし、食べ物を欲しがっている素振りは見せない。伏し目がちの神妙な顔つきをして、それとなく自分の意思を伝えるのだ。なんと賢く、殊勝なのだろうか。

大和はまいが大好きだが、彼女は平成十九（二〇〇七）年に結婚して家を出ていった。

「大和や、今日はまいが帰ってくるよ」

などと話しかけようものなら、すぐに正座して、私の顔をキッと見つめる。

「大和や、もうすぐまいが帰ってくるんだよ」

さらにこう声をかけると脱兎のごとく玄関にすっ飛んでいき、四時間も五時間も玄関に座り込んで待ち続けるのである。その知能と忍耐力、けなげさにはつくづく頭が下がる。

大和はそれまでに飼育した七匹の雄犬たちのなかで、際立って温厚で賢い子であった。家内と娘によくなついていた。一方のルビーはおっちょこちょいで物覚えは悪かったが、お人よしで、他の犬とトラブルを起こすことはなかった。

この頃はグレートデンのコニーもいたし、私の弟が体調を崩したため、弟の雌ブル「ミント」も約半年間預かった。みんなが平和に同居できたのは、ルビーのおかげだと思う。

十月中旬にはそれぞれの小屋に毛布を敷いた。十一月になっていよいよ寒さが厳しくなると、大和とルビーの犬舎には床暖房を敷いた。ミントの寝小屋に敷いた床暖房は電気コードに接触不良があるらしく温まらないので、人間用の大きな布団を敷いた。

ところが、いつのまにかミントはルビーの犬舎に入り込んで、床暖房を寝取っているではないか。布団より床暖房のほうが温かいことを見抜いたのだ。いつそれをチェックしたのか、ミントの抜け目のなさに驚いたものだ。追い出されたルビーはといえば、困った顔つきで外で震えながらもじもじしている。「譲る心」を持っている。その姿に感動したものだ。この気立てのいいルビーがいたからこそ、三、四匹の多頭飼いも可能だったのだ。

私はあきれながら、新しい電気コードを買い、ミントの小屋の床暖房も温まるようにセットし直したのである。

平成二十三（二〇一一）年三月十一日の東日本大震災後、ルビーは激しい下痢を起こした。私はこれまでの犬飼育に関する知識を総動員して治療にあたったが、奮闘虚しく、七月二十九日に満九歳で命を閉じた。

一方、大和は六月の猛暑の日に熱中症に陥った。冷やし続けて危機を脱したものの体調はなかなか改善せず。九月には悪性腫瘍が発覚。家内は懸命に介護したが、体力は落ちる一方だった。「大和重態」の知らせを聞いて、九月下旬には滋賀県に住む娘も三歳半の双子の子どもたちを連れて帰省した。

その頃寝たきりになって動けなくなっていた大和が、夜中に私たちの寝室の近くの廊下まで這ってきて、キュンキュンと甘えた声を出した。私が抱っこして大和の寝場所まで運んだが、腹水もたまっていて重かった。三〇キロにはなっていただろうか？　もう家内には抱っこして運ぶのは無理だった。十月二日には末っ子が大和を見舞いに東京から帰ってきてくれた。彼が大和の頭をなでたその十五分後に、大和は眠るように息を引き取った。まるで末っ子の帰りを待っていたかのような最期だった。

こうして八年三、四か月に及ぶ平和な「ルビー・大和」時代は、二か月の間にあっけなく幕を閉じたのであった。

●フレンチブルドッグ時代へ

詳しくは後述するが、私はまる子、テリー、ルビー、大和の霊を慰めるため、自治医科大時代の同僚の医師、大和田信雄先生とともに、三十四年ぶりに山に登った。

山頂で感謝の祈りを捧げ、少し心が落ち着いた。

ところが、まもなく大和が夢に出てくるようになったのだ。

「お父さん！　お母さんが元気ないよ。僕がいなくなってから心の中で泣いてばかりいるよ。僕の代役を探してあげてよ」

目覚めて考えた。当時私は六十八歳だったが、腹水がたまって三〇キロにもなった大和を抱っこしたときのずっしりとした感触を思い出すと、年老いていく自分がブルドッグを飼い続けるのはもう無理かもしれない。これから先、いつ、どんな病に襲われるかもしれず、そうなったとき、残された家内が苦労するようでは困る。

そうだ、フレンチブルドッグなら手頃ではないか？　体重はブルドッグの半分程度だし、ブルドッグを基礎にして作出されただけに、性格もブルドッグに似ているようだ。インターネットで検索し続け、四国の高松で九月二十六日に生まれたクリーム色のフレンチブルの雄に目をつけた。だが、家内は反対する。

「大和を失ってまだ辛い日が続いている。春になれば気持ちも前向きになるかもしれないけれど……。それに大和以外の雄はどれもきかなかったから、もし次に飼うとしても雌がいいわ」

もっともだが、私は押し切ることにした。大和は家内の反応など先刻承知のうえで私に訴えたに違いないのだ。と、都合よく考える私であった。

平成二十三（二〇一一）年十一月二十三日夕刻、子犬が羽田空港に送られてきた。迎えに行った私と家内は驚いた。生後二か月弱とはいえ、当然のことだがブルドッグの子犬と比べてぐんと小さい。こりゃまるでフェレットじゃないか。これが写真で見るフレンチブルに育つのか？　名前は家内の発案で「小太郎《こたろう》」に決まった。

そして暮れが近づいた頃、家内が言った。

「ホームセンターのペット館に、きれいでかわいい白っぽいフレンチブルがいたよ」

「そうかい、僕は月に一回はあそこに行っているけど、やせていたり色が美しくなかったり、顔も今いちのフレンチブルばかりだったぜ」

と言いながらも見に行ってみると、確かに白っぽいクリーム色の雌のフレンチブルがケージの中にいた。美人だ！　おっとりしている！　まつげも長いような気がする。すこし垂れ目なのがまたたまらない。四、五日おきに見に行ってみるのだが、生後四か月になろうとするのに売れ残っている。その子に憂いを含んだ目でじっと見つめられ、私はハートを撃ち抜かれてしまった。

「あの子を飼おう！」

家内は即座に反対した。

「私は最初から、春が過ぎてからなら、飼うなら雌を、と言ったでしょ？　無理やり小太郎を買い求めて、今度はあの子を？　いくらなんでもわがままが過ぎるでしょ？　しかも冬のさなかに……。寒い季節に二匹の子犬を同時に飼うなんて無理ですよ」

返す言葉もなく、一週間黙然として考え続けているうちに、今度は夢の中にルビーが出てくるようになってしまった。

「お父さん！　私の代わりにあの子を飼って。そして私をかわいがってくれたようにあの子をかわいがって。あの子は風の子、あの子の名前はふうこ……」

家内に頼み込み、ついに年が明けた一月一八日、我が家に迎えた。小太郎の二週間前に桐生で生まれた子で、二匹を対面させるとあっという間に意気投合し、追いかけっこを始めた。「ルビー・大和時代」に続く「小太郎・風子時代」の幕開けだ。

おそらくこの子たちが、生涯最後の犬になるだろう。そう思うといじらしくもいとおしい。彼らを私たちと引き合わせてくれた、大和とルビーに感謝したものだ。

フレブルはブルドッグに比べると格段に俊敏で運動能力が高く、また違う賢さがある。私たちは、彼らをリュックに背負って登山を楽しむようになった。ときどきおろしてやると、懸命に山道を登る。その姿がまたかわいくて、登山の楽しみが倍加した。

そして何よりうれしかったのは、二匹が大の仲良しになったことだ。デッキで寄り添って寝ていたり、じゃれあったりしているのを見ていると、心が癒され幸せな気分になった。

しかし、いつかお別れの日は来る。

令和五（二〇二三）年十二月半ば、小太郎は十二歳で旅立った。風子は相棒の姿が見えないのに気づき、必死に捜し回り、木戸のところで遠吠えをして呼んだ。どこにもいないとわかり、しょげかえって寂しがる姿を見ていると、私たちも胸が張り裂けそうになった。

彼女も十二歳半となり、そろそろ寿命が近づいている。それでも天気のよい日に思川の土手を一緒に散歩すると、よろよろしながらもがんばって懸命に歩く。あと何回、こうして歩けるだろうか。一日でも長く生きてほしいと願うばかりだ。

第三章　那須に生きるエライ動物たち

グリがいなくなった昭和六十三（一九八八）年夏、生涯最大の趣味と位置づけている渓流釣りをいっそう充実させるため、那須の森の中に山小屋を建てた。

那須にはさまざまな生き物が生息しており、私はしばしば彼らの知恵や神々しいともいえる姿に、激しく心を揺さぶられた。

小鳥さえ、力を合わせて敵を撃退するのだ。

●小鳥たちの戦い

ある日、私は那須の山小屋の周りの樹々に、はしごを使って小鳥用の巣箱を五個設置した。すると、三個にシジュウカラが巣を作っていた。

初夏の朝はさえずりが嬉しい。〝ツツピー、ツツピー〟という小鳥たちの歌声を聴き、くちばしに細長い虫をくわえて枝から枝へ、さらに巣箱へと飛び移る姿を観察するのが楽しくなり、双眼鏡も用意した。

それから何年か経ったある朝、小鳥たちのけたたましい叫びが大気を切り裂いた。二羽のオナガが出現し、それを警戒して一帯に住むシジュウカラたちが緊急出動したらしい。オナガは巣箱の中のヒナを狙っているらしく、三十羽を超える小鳥たちがけたたましく叫びながら、オナガの三〇センチほど近くまで次々に急降下してはすばやく急上昇する。天候は曇り時々晴れ。

近辺にこれほど多くのシジュウカラが住んでいることに気づいていなかった私は、ただただ双眼鏡を通して小鳥たちの動向を見守るばかりだ。オナガはなかなか立ち去らず、シジュウカラたちの飛び交う様はさながら群れ飛ぶ蝶《ちょう》を思わせる。

オナガは三十分ほど林の中を動いていたが、とうとう諦めたように去っていった。小鳥たちはその後十分くらい警戒するように鳴きながら、樹上から周囲を見渡していたが、やがてサッと姿を消し、あたりはいつもの静寂に戻った。

いざというときにはこうして近隣の仲間たちが集結し、力を合わせて危機に対処しようとする。小鳥たちは実にエライものだ。

小鳥たちがいなくなった晩秋に巣箱の中を覗き込むと、藁《わら》や草の茎を上手に丸く編んだ巣の中に、ヒナが生まれたときの卵の殻や糞《ふん》やかわいた虫の死骸が残っており、蜘蛛《くも》が巣を作っていた。私はそれらを捨てて巣箱の中をきれいにし、また春が来るのを待つことにした。

●哲学者のような目をしたカモシカ

長男が中学生になって間もなく、二人で那珂川《なかがわ》の源流へ向かった。そのとき、日本カモシカに遭遇したのである。

那須塩原の深山《みやま》ダムを四、五キロ奥に入った那珂川の源流域は、奥深山とも呼ぶべき山間の地だ。その頃、普通の乗用車では深山ダムから三キロほど上流までしか入れなかったので、その辺りになんとか車を止め、そこからは釣竿とおにぎりを詰めたリュックを背負って山道を登っていった。

「キキイーッ」と叫ぶ声に樹上を見上げると、一匹の大きな猿が私たちを見下ろしていた。秋を迎える頃で、木の葉は少し色づき始めていた。もう初夏の頃のように賑やかな小鳥たちのさえずりは聞こえず、ときおりミソサザイやセンダイムシクイの鳴き声が響き渡るだけだ。

汗ばみながら車止めから一・五キロほど登り、その先の三斗小屋の宿跡まで行かないうちに右手の林の中に入り、藪漕《やぶこ》ぎして川の方向へと向かう。森の中は、細く背の高い竹や蔦《つた》類が繁茂しており、枯れ枝も横から突き出ていてなかなか歩きにくい。こんな山の中にも蜘蛛が巣を張っていて、それが突然顔にへばりついたりする。

川の周辺にたどりついてもほとんどは崖になっていて、瀬へ下りていける場所を探して右往左往することも多い。

やっと釣り始めて一時間を過ぎた頃、突然左側の崖上から小石がバラバラと落ちてきた。振り仰ぐと、なんと日本カモシカの親子が崖っぷちを横切っている。父親であろう大柄の日本カモシカが先頭、三メートルほど後ろに子どもとおぼしき背丈半分ほどのカモシカが続き、さらに三メートルぐらい後れて、母親と思われるそれが歩きにくそうに竹を揺らしながら横切っているのだった。

こんな身近な那須の森の中にカモシカが住んでいるのは、新鮮な驚きだった。カモシカも崖の下にいる私たち親子に気づいたに違いないが、歩みを止めることなく崖を横切り、竹藪の中に姿を消していった。

父カモシカの暗い眼光が印象的だった。親子三頭だけで夏の暑さにも冬の寒さにも耐えて生き続けているのだ。エライものだ。

そういえばアメマスの系統であるイワナも、サツキマスの系統であるヤマメも、はるかな昔には海と河川を往復する降海型だったが、氷河期の終焉《しゅうえん》に伴う気候の温暖化で河川の上流に陸封されたと推定されている。環境の変化によく順応して、那須の標高一〇〇〇メートル付近にも生息し続けているのはなんともありがたい。

雑誌には、黒部では標高二五〇〇メートル前後でもイワナが釣れたと記してある。幻の魚（イワナ）も渓流の女王（ヤマメ）も、どちらも驚嘆するほど美しい。比較してはかわいそうだが、彼女らを知ってから私は虹鱒《ニジマス》を美しいと思わなくなってしまった。

山奥では大雨が降れば激流となって水は川を駆け下る。岩の下にもぐってそれに耐え、ときには石ころを呑み込んで身体を重くして流されるのを防ぐともいわれている。雨のあとは水量も増え、魚たちも空腹なのでよく釣れる。

そんなときに釣ったイワナの腹を割いてみると、確かに小さな石粒や砂粒がいくつも出てくる。エライものだ。困難に対処しつつ苛酷な環境下で生き続ける。神様がご褒美に、彼らに美しい姿かたちを与えてくれたのかもしれない。

日本カモシカも同様に神々しいほど奥深く、何者をも見通すような暗いまなざしを私たちに向け、山奥に姿を消していったのだった。

●独立自尊の野犬の群れ

平成十（一九九八）年頃の夏、手土産の一升瓶をぶら下げて、兄とともに那須の板室《いたむろ》に住む兄の釣り仲間のXさんを訪ねた。彼は古い家屋にひとりで暮らしており、四十歳前後だが釣りざんまいの日々を送っているという。うらやましいかぎりだ、毎日釣りができるなんて……。長年の私の夢だ。

裸電球がぶら下がった薄暗い部屋の壁には、三五〜五〇センチのイワナやヤマメの魚拓が十枚以上貼りつけられていた。

彼の釣りキチぶりは相当有名らしく、私たちが話している最中に、三、四人の若い衆がビクを抱えて入ってきた。

「夕方、大川《おおかわ》で釣りあげた三七センチのイワナだ！」

「三七センチ？　ふん、まだまだだな」

と軽くあしらい、聞く耳を持たずに帰してしまった。そのXさんの態度はいかにも大物っぽいのだった。

夜の九時近くなって突然、十数頭の犬たちが開いたままの玄関から入り込んできた。Xさんは「おお、来たか、メシをやろうな」と言って、部屋の隅に置いてあった紙袋の中からドッグフードを取り出して、五個の洗面器に分け与えた。

私が見るかぎり一匹のイングリッシュセッター以外は雑種だった。大小さまざまで子犬も二匹交じっており、ダックスフンドの混血を思わせる足の短い雌犬が子犬たちの母親らしかった。Xさんは比較的大柄でたれ耳、毛の長い赤茶色の雄犬を指差して言う。

「この犬がボスです。こいつは私の見るかぎり日本狼《ニホンオオカミ》ですな。肝が据わっていて、用心深くて、リーダーシップがある。毎晩群れを連れて私のところに晩飯を食いに来るんですが、媚を売ることはありませんな。私はいずれこいつの写真を撮って『生きていた日本狼』という題名で学会に発表するつもりです」

日本狼といえば明治三十八（一九〇五）年、奈良県で捕獲された若い雄が最後の生息情報といわれている。以後は見つかっておらず絶滅したといわれているが、紀伊《きい》半島大峰山《おおみねさん》系や秩父山《ちちぶさん》系に今も生息しているとの噂があり、その夢を追い続けている人たちもけっこういるらしい。

この赤茶の大柄な犬が日本狼か。ふーん、なるほど……。見る人が見ると、すごい発見ができるものだなあと感心する。

「そうですか。Xさんの日本狼発見が正式に認められる日が、早く来るといいですねぇ」

私は深くうなずいた。

Xさんの話はいろいろ飛ぶ。なぜか私たちのことを気に入ってくれた様子だ。

「来週でも一緒に釣りに行ってみますか？　秋になると板室手前の那珂川本流の堰堤《えんてい》には鮭《さけ》が遡上してきます。腹の周囲は六〇センチもありましてね、あれは……いわゆるキングサーモンですな」

ホーッ！　見る人が見ると、アラスカから遠く離れた栃木県でもキングサーモンを発見できるんだ、と私はまたまた感心する。

翌朝、私と兄が那珂川支流・木《き》の俣川《またがわ》上流を目指して車で山道を行くと、なんと昨夜の野犬の群れが、右の谷間から姿を現した。驚いて車を止め、私は車から降りてボスに声をかけた。

「どこに行くんだ。ほら、僕ら昨日の夜会ってるだろう？　覚えているかい？」

ボスは私をじっと見るなり、何事もなかったかのように群れの仲間たちを見やり、道路を横切って山の左側の斜面を登り始めた。子犬さえもが、ずり落ちながら必死に仲間のあとを追っていく。確かに媚を売らない野犬たちだ。姿を消した場所を眺めてみるが、人間が通る道ではない。いわゆる「獣道」に違いない。

彼らが姿を現した地点は、板室を出発点とすれば、那珂川を越え、木の俣川を越え、木の俣川の斜面を登りきらなければ到達できない場所である。私たちはここまで来るために、U字形に車道を通って約四キロ走ってきた。板室からこの地点まで直線を引いても一キロはあるだろう。犬たちが二つの大きな川を横切ってくるなど、到底不可能だ。

ではどうやって、この地点までやってくることができたのだろう？　どの道をたどり、どの橋を渡って、どれだけの距離を、子犬まで連れて、何のために、何を求めて、この山の中を歩き続けているのだろうか。おそろしく腹が空く行動を長時間続けて、食べ物はどこで何を調達するのだろうか。

ヘミングウェイは『キリマンジャロの雪』の中で「キリマンジャロの西の頂の近くにひからびて凍りついたヒョウの死骸が横たわっていた。そんな高いところまでそのヒョウが何を求めてきたのか誰も知らない」と書いているが、那須の野犬たちの群れが、なぜ、何のためにこんな山奥を歩いているのか私にはわからない。不思議な感動が心に残っただけだ。

野生に生きるとはなんと苛酷で、必死で、孤独に耐える作業であることだろうか。彼らも本を正せば、飼い主から捨てられたか、あるいは飼われることを潔しとしなかったのか……。少なくとも現在彼らは悲しみに耐えて集い、すぐれたリーダーのもとで、真剣に日々を生き抜いているのに違いない。

身体は泥やほこりで汚れているが、精神は独立自尊、凛《りん》とした美しさを身に付けている。自立している。いつかどこかで命の危機に直面するかもしれないが、彼らは力を合わせて戦い、悲しい運命に殉じていくことになるのだろう。エライものだ。

●大自然に生きる猿たち

平成十六（二〇〇四）年、ゴールデンウィークに長男と釣りに行った。彼が社会人になってから、一緒に釣りに行くことはほとんどなかったから、四、五年ぶりの同行である。ゴールデンウィークはどの川にも大勢の釣り人が入るので、極力人の行かない渓流をと考え、板室で那珂川に合流する湯川の最上流部を狙った。

沼《ぬま》ッ原《ぱら》湿原の下に位置する地帯だ。湯川には上流から板室までいくつもの砂防ダムが造られているため、魚たちは上流と下流の行き来ができない。繁殖には全く適しておらず、魚影も薄い。私自身、ここで一度釣ったらその後数年は行かないことにしている。釣り残した魚たちがその間に増え、生育するのを期待するわけだ。

藪漕ぎを始めてから思い知ったのだが、どうも十年ぐらい来ていなかったようで、川への下り口を見つけられず閉口した。渓流の様子が思い出せず、いつの間にか絶壁の上に出てしまった。下り口を求めて右往左往するが、川までは一〇〇メートルくらいの標高差があり、ロープなしには下りられない感じがする。だがもう一度藪漕ぎして元来た場所に戻る自信もない。

わかりやすくいえば、イエローストーンやグランドキャニオンのミニチュア版だ。そのとき、突然長男が「お父さん、猿だ！」と叫んだ。

十匹前後の猿たちが、眼下の白っぽい川原を歩いている。新緑の木の間隠れに見える動物たちの動く様は、一幅の絵である。

日光いろは坂の猿たちは、ゆっくり通り過ぎる車のそばに出没しては食べ物をねだったり、車の窓に手を突っ込んで物品をひったくったり、近年は中禅寺湖《ちゅうぜんじこ》湖畔の土産物店に押し入って食べ物を奪い去るという。

しかし私と長男が見た湯川源流の猿たちは、日光の猿たちとは次元を異にしているように思えた。まったくの自然の中で生きているに違いない。源流の水を飲み、樹上の木の実や樹皮を食べて生き続けているのだろう。群れは散らばったと思うと集まり、やがてまた散らばる。子猿が母猿を追いかける様はひたすらかわいらしく美しい。

それを眺めているうちに、私たちも勇気が湧いてきた。辛うじて下りられそうなガレ場を見つけたが、そこもかなり急峻《きゅうしゅん》で安全とはいえない。かつて山登りに精を出していた私がもちろん先に下りようとしたのだが、当時還暦を迎えていた父親を案じたのか長男が押しとどめる。

「俺がまず下りてみる。俺の様子を見てからお父さんがルートをたどってみてくれ」

ふ～む、二十八歳にもなると知らぬ間に成長しているもんだなと感心する。

初めは木の枝につかまりながら、木の枝がなくなってからは所々に突き出ている岩を頼りに、斜めに、そしてジグザグに下りていく。最後の三〇メートルは大きな岩もなくなったので、腰をかがめて思い切って跳び出し、石を転がしながら駆け下りた。

それを見た猿たちはたちまち対岸の崖を駆け上がり、大きな木によじ登った。対岸だとて七〇～八〇メートルの標高差があり、その木も樹齢百～二百年を推定させる巨木なのに、あっという間に登りきる。用心しているのだろうか、私たちをじっと眺めている。見事なものだ。私たちが銃を持っておらず、釣竿を所持しているだけなのが嬉しい。釣りを始めた私たちを観察しながら、猿たちも木から木へ飛び移り、上流へ動いていく。

およそ一時間、私たちが三〇〇メートルほど釣り歩く間も、樹上から私たちを眺めていた。そしてイワナが釣れ始め、私たちが喜んでいる間に、彼らは姿を消した。

この日は長男が釣った二六センチのイワナを含め、十五匹の釣果だった。大自然に生きる猿の群れと美しいイワナと――。私たち親子は幸せな一日を過ごした。

第四章　キュウリを持って釣りに行こう

かつては北海道、宮城、福島、栃木、新潟、奥多摩、山梨などを釣り歩いたが、おおかた地元の栃木県である。特に開業医になってからは、日・祝日しか休めないので、もっぱら栃木県内だ。釣った魚はもちろん私がさばき、はらわたをきれいに取り除く。それを冷凍しておくと家内が調理してくれる。とりわけ南蛮漬けが絶品！　三日、四日と経つうちにますますたれが染みてうまさが増す。これも釣りの醍醐味の一つだ。

●崖からダイブして命拾い

那須の山中に山小屋を建ててからは、土曜日の午後に家を飛び出て車で那須へ向かい、暗くなるまで那珂川で釣るのがルーティンになった。ひとりで行くことが多いが、すぐ上の兄や友人、息子を伴うこともあった。

ひとくちに那珂川といっても、那珂川本流、木の俣川、矢沢、沢名川《さわながわ》、高尾股川、余笹《よざさ》川《がわ》、黒川《くろかわ》などがあり、しかもそれぞれが最上流域から上流域、中流域まであり、かつまた支流まであるので川への入り口はとても多い。

行き着くまでの所要時間も川によって異なるし、車を降りてから釣り始める場所に歩き着くまでの時間もそれぞれ異なるから、あそこを目指すのなら実質何時間釣れるかを考え、さらに空模様や小さな川の水量にも注意を配りながら、東北自動車道を北上していく。「今日はどの川を狙おうか？」とワクワクしながらのドライブは、早春の渓流を釣り歩くときの幸福感に似ている。

平成十一（一九九九）年七月三日の土曜日、昼までの診療を終えると、いつものように那須に向かい、那珂川の支流に入った。この年はヤマメやイワナがよく釣れ、春から数えて八回目の釣行であった。

夕方の二時間で三匹を釣り、四月から数えて合計六十三匹と、それなりに満足して那須の山小屋へ向かった。釣行後の夜を充実させるため、コンビニやスーパーでビールとつまみを調達するのもルーティンとなっていた。

その日も道沿いのコンビニに立ち寄り、那須に来る途中で買い求めたキュウリにつけるためのダシ入り味噌や枝豆、スモークタン、サザエの刺身などを買った。そしてたびたび立ち寄る酒屋で、冷えたキリンビールの「一番搾り」五〇〇ミリリットル缶を二本買うのも忘れなかった。

山小屋で早速着替えて、釣った魚の腹を割き、塩をすりこんで冷蔵庫に保存した。ここからがまた楽しみで、キュウリに味噌を付けてかじりながらビールを飲む。「一番搾り」の喉越しは実に快い。ゆっくり食べて飲み続けた。いつもはこの辺で眠くなって、音楽を聴いたりテレビを眺めながら、風呂に入るまでのひととき、うたた寝をするのだが、この夜はどことなく気分が高揚していて、ちょっとだけ飲み足りない。

九時半は過ぎていただろう。「ヨシ！」と声をかけて車に乗り、ビールを買いに出ることにした。カシューナッツや輪切りのイカの燻製《くんせい》も買ってこなければならない。この日の日中の天気がどうだったかは記憶していないが、夜は濃い霧が立ち込め、六、七メートル先が見えないほどだった。

「ナアニ、この道はいつか来たみ〜ち、あ〜あ〜そおだよ〜お……。もう百回も走った道だ、なんてこたあないよ。ちょっと注意してけばダイジョウブ、とくらあ」

こうして山小屋を出た。初めの曲がり角はなんということもなく曲がれた。そして約五〇〇メートルほど走ったときだった。車のライトは点けていても前方は白い靄で、強度の白内障に突然罹患すればこんなふうかと思えるほど——。でもお酒の勢いもあったのか、時速三〇キロぐらいのスピードで走り続けた。

そして第二の曲がり角で、一瞬の間に空中ダイビングしてしまったのだった。崖の右側に別荘の駐車場スペースが靄の中にうっすら白く見え、それをいつもの曲がり角と勘違いしてしまったのだった。スピードを落とすこともなく、そのまま駐車場の柵を突き破って空中を飛んだ。車は前方が重いらしく、あっという間に逆さまになった。

「なんだこれは、いったいどうなったんだ？」

と思う間もなく崖下に立っていたブナ科の立木三本に車の背中はぶつかり、そのまま下に落っこちて斜面に前のめりに横たわった。道路の高さから推し量ると、一五メートルぐらい下に落っこちたようだった。

前面のガラスは砕け散り、バンパーはひしゃげて、そこからシューシューと湯気が立ち昇った。顔にはエアバッグがかぶさっていた。運転席と助手席のちょうど真ん中が大きくくの字にくぼんでいる。運転席の真上がぶつかっていたならば、折れ曲がった金属片で私は頭を打たれ、頭蓋骨骨折になっていたかもしれない。運がよかった。結局この年はついていたのだ。

車のドアを開けようとしたが、斜面に前のめりに突き刺さった状態で、なかなか開かない。ギシッギシッと音がする。無理やり押したら四〇センチくらい開いた。外に出たと思ったら斜面だったため、たちまち六～七メートルずり落ちてしまった。そこから草につかまりながら這い上がった。幸い車内灯が点いていたので車のキーを抜き取った。

ぐらぐらめまいがして手指もひどく痛く、動悸《どうき》も激しかった。道路まで這い上がり、ハアハア息をしながらよろよろ歩いた。ときどきよろけて転びながら、山小屋までたどりついた。どんな順序で電話したかはっきり覚えていないが、小山の家内に電話、ＪＡＦに電話、次兄がやっている会社を通して車の保険に加入していたのでその兄に電話して「車両保険は全額おりるかなあ？」と尋ねた記憶がある。兄に「保険なんかあとでいいんだ。すぐ病院へ行け」と言われた記憶もある。

山小屋で手や顔を洗い、あとはヨードチンキを塗りたくり、血を止めるためにあちこちにティッシュペーパーをのせ、絆創膏《ばんそうこう》で貼りつけた。

夜の十一時頃ＪＡＦの担当者が到着したので、崖まで案内して現場を見てもらった。

「こりゃすげえな、こんなの俺処理したことねえよ。持ち上げようと思ってクレーン車を持ってきたけんど、こんじゃ無理だ。高速道路の事故処理班に来てもらわねえとあげらんねえよ。それにしてもほんとにあんだが乗ってだの？　よぐ立ってられでんねえ」

飲酒運転のはてのダイブだから、決してほめられることではないのだが（今なら立派な犯罪だ）、彼の瞳には私への尊敬の念が光っていた。その担当者が高速道路の事故処理班に連絡してくれることになり、処理は翌日になるというので彼の車に乗せてもらって山小屋まで戻った。彼は丁寧におじぎをして去っていった。

私は一応余裕を見せ、手を振って別れたが、彼がいなくなると身体中重苦しく息苦しさもあり、やっとのことで布団を敷き横になった。あとから到着するだろう家内のための布団もやっとこさ敷いた。尊敬されるのも楽じゃない。

夜中に家内が着き、また家内からの電話で、東京からすぐ上の兄も夜中の二時頃駆けつけてくれたそうだが、私は夢うつつでなにを話したのか記憶にない。

翌朝十一時頃、高速道路の処理班が十トンのクレーン車二台で来てくれた。担当者は二人だけなのに、実に見事に連携して車を引き上げてくれた。

診療を休むわけにはいかないと考え、月曜朝から仕事に復帰したが、首から肩にかけて苦しくてたまらない。診療の合間に、手のひらにいくつもめりこんでいる小さなガラス片を、ピンセットで取ってはヨードチンキをつけた。数日経っても、首から肩にかけての苦しさは変わらず、首を左右に曲げるのもままならない。交通事故による頸椎損傷が専門と伺っていた先生に診ていただいたところ、骨折はないとのことで大いに安心したのだった。

私は二度とこんな手ひどい結果を招かないための対策を考えた。私が助かったのは、頑丈なジープに乗っていたからだと考え、同じ型、同じ色のジープを買い求めた。さらに、むち打ち症を防ぐため、エアバッグを頭部にも設置した。しかし、これらは対症療法にすぎないのではないか？　根本原因は、ビール二本しか買わずに、飲み足りなくて濃霧の中を出てしまったことだ。

「うん、これからは少なくとも五〇〇ミリリットル缶を五本以上買うことにしよう。よし、これで万事解決だ！」

もちろん、二度と飲酒運転をしなかったのは言うまでもない。

転落の三週間後からまた懲りもせず溪流釣りに出かけ、この年は九月二十一日の禁漁日までに合計百二十五匹のヤマメやイワナを釣り上げた。

●釣りのお供はやっぱりキュウリ

平成十九（二〇〇七）年夏、高校時代の友人で絵描きのT君とともに、那須に向かった。

釣りはどのシーズンでも満足感を与えてくれるが、夜の楽しみのキュウリは七月下旬から八月末までの高原キュウリに勝るものはない。この季節には那須インターで降りたら車で山道を遡り、那須から白河に至る道沿いの「露地売り農家」で、数十本のキュウリを買っておくことが大切だ。

T君は絵描きだがウォーキングにも熱心で、渓流釣りはその延長上にあると位置づけているが、どうしてどうして彼の釣りの才能は絵に劣らぬものがある。

余笹川の支流に入る。小雨が降っているのでカッパを着ての釣行となった。T君にメインの支流を譲り、私は水量の少ない十年ぶりの支流を釣っていったが、これが幸いした。瞬く間に五、六匹、しかも尺物イワナも釣れてしまった。雨で水量が増えていたのでズ～ンという重い当たり、根がかりしたと思ったが、水面に浮かせた黒い背びれは紛れもなくイワナのそれだ。ズン、ズンという引きに合わせてゆっくり岸に寄せキャッチする。一時間半で十五匹。満足。

メインの支流を釣りあがったT君の釣果はどれほどか、彼の笑顔を想像し愉快な気分になってくる。雨もあがった十八時、待ち合わせた合流地点に着くと、時間厳守の紳士はすでに到着していた。T君はスタンダードサイズ五匹。申し訳ない。偶然だが私のほうが運のいい川を釣りあがってしまったようだ。

T君は記憶力もいい。山小屋に帰る途中、突然言った。

「おい、おまえがジープで落っこちたのは、この辺の崖じゃなかったっけ？」

あのとき私のジープを正面から受け止めてくれた、命の恩人の三本の立ち木のうち一本はなぜか枯れてしまったが、残りの二本は私を見るたびににっこり微笑んでおじぎしてくれるし、手も振ってくれる。ありがたい。あれ以後、ビールは箱単位で買い置くことにしたのだった。

山小屋に着き、早速味噌をつけた高原キュウリをかじりながらビールを飲む。T君は感嘆しきりだ。

「なんてうまいキュウリなんだ！　キュウリってこんなに甘かったかねぇ」

「然り、キュウリは高原物に如かず」

ポリポリかじってはビールを飲む。

「この味噌はまたなんてうまいんだ」

「然り、これはマルコメの『だし入り味噌』なり」

「うむ〜、うまい」

私は一人で釣りに来るときは、バロックやブラザーズ・フォアを聴きながら、ビールを飲むことが多い。

「おい、このウニはまた絶品だなあ」

「然り、宮城県は志津川湾《しづがわわん》でとれた塩ウニなり」

「ふむ～、実にうまい」

T君はひたすら舌鼓を打つ。

「このイワナとヤマメの南蛮漬けは、よく味がしまっているなぁ！」

「それがしが釣りあげたものを奥さんが料理し、冷蔵庫で二晩寝かせたものなり。かくして味が染み込み身がしまり、シコシコという快感を与えてくれるのでござる」

本当に家内の南蛮漬けはうまい。

「シコシコとは……、どこか卑猥な感じのする言葉だけど、この食感に限って言えば言い得て妙なり」

話はインスタントラーメンにも及び、延々とグルメ談義は続いた。

「ところでちょっくら外に出てみますか。二十分ばかし喉を休ませてあげましょうや」

私はT君を誘って外に出た。外気温は小山に比べて十度近く低く、夏でもまあ爽やかだ。

「おっ、すごい星空だぁ！」

「すごいっしょ？　真上に見えるのが例の天の川ってやつだよ」

しばし星談義が続き、また中に入って飲み直し……。

こうして、釣り人たちの夜は更けていくのである。

翌日は、前日それぞれ釣った川を交換し、T君が十四匹、私が四匹の釣果を得て帰宅したのであった。

●持つべきものは友と携帯電話

翌平成二十年は九十四歳の実母の介護のためほとんど釣りに行けなかったが、二十一（二〇〇九）年五月に他界したので、その夏、また絵描きのT君と釣りに行くことになった。

ところが、この日はスタートからちょっとだけ歯車が狂ってしまった。久しぶりの釣行ということで、T君は気がはやったのだろうか。

「僕は午前中診療があるから、午後一時頃家に来てくれないかい？　一時半過ぎには出かけられるだろう」

と言っておいたのだけれど、彼はずいぶん早く小山に着いてしまったらしく、駅の近くで早めの昼食をすませ、なお時間があるので遠回りしてきたようだった。十二時に家内が診療所に現れた。

「Tさんが来てるわ」

取り急ぎ自宅に行ってみると、T君は私に語りかけた。

「あの須賀《すが》神社ってのは大きくて立派なもんだねえ。参道も太いケヤキが並んでなかなかのもんだよ、あれは……」

私は簡単に神社の説明をすると、急いで診療所に戻って仕事を片付け、また自宅に戻ってあわてて昼飯をかき込み、釣りの道具を車に積み込んで、午後一時には家を飛び出ることになった。

案の定、家を出て三十分ほど走ったところで忘れ物に気づいた。

「ブドウムシ、二箱買っておいたのに、冷蔵庫ん中に置いてきてしまったあ」

「えっ、おい、どうする？　戻るかい？」

「いや、時間が惜しいな……。よし、ブドウムシは黒磯の釣具店に寄って買うことにしよう。それよりも、すぐ先にトマト栽培をしてる農家があってね、そこの〝ダイアナ〟って品種は肉厚でうまいんだよ。こいつを買っていこう。君んとこにお土産だあ」

この日は彼に十分な釣果をと考え、秘密のルートで、魚影が濃いといわれる御用邸を目指すことにした。東北自動車道を降りて川への道をたどる途中、また私は叫んだ。

「あっ、家内に頼んで買ってきてもらったM屋のパンとジュースを、テーブルの上に忘れてきちゃったあ！」

「おいおい、おまえ、ちょっとだいじょうぶかあ？　俺も最近忘れっぽくなったけど……。ちょっと心配になるなあ」

すぐ電話ボックスから長男に電話をかけた。

「お父さんは釣ってから山小屋に戻るから、すまないけどパンとジュースを那須の山小屋に届けておいてくれないか？」

「エッ？　おやじが置いていったから、那須のコンビニで買えばすむことだろうと思って、二個ばかし食べちゃったよ」

「いや、ダメだ。コンビニのパンはまずいんだよ。M屋のパン、五、六個は残ってるだろ？　それを山小屋まで届けておいてくれよ、な？　頼むよ」

私は受話器に拝み込んで川に向かった。

車止めから山に入る。御用邸の山道の入り口には「立ち入り禁止　皇宮警察本部」という立て看板が地面に刺してあるらしいのだが、それが目に入ったことはない。途中から道が分かれているので、私は山の右側の渓流を、彼は左側の渓流を釣りあがることにし、十八時五十分に待ち合わせた。

その年の梅雨は降雨量が少なく川の水位が低い。おまけにその日は晴れ渡っていて夕焼けだ。こういう日はまるで釣れない。十六時から十八時半まで釣って、持ち帰りは二匹だけ。ふだんは、どうしても予定を二十～三十分超過して釣り終えることが多い私も、釣れないときは疲労を感じるので予定どおり納竿し、約束時間ぴったりの十八時五十分に待ち合わせ場所に戻ってきた。

ところが、日頃時間厳守のT君の姿がない。珍しいことがあるもんだ。こりゃあ左の沢は魚影濃くて相当釣れたもんで、竿をしまう決心がつかずに帰路が遅れているんだな、とまず考えた。

きっとニコニコして「ワルイ、ワルイ、遅れてしまった。満足、満足」と言いながら帰ってくるだろう。彼の笑顔を想像し、楽しい気分になってくる。よし、迎えに行こう。ビクと釣竿を左右の手に持ちながら、彼が釣り始めたであろう渓流の出合口まで歩いた。

片道十五分はかかった。十九時十分、川に着いたが、彼の姿はない。急に動悸が激しくなる。

渓流で足を滑らせたか転ぶかして、肋骨を折るか足を折るかして動けなくなっているのではないか？　あるいは釣り始めた場所がわからなくなり、ずれた箇所で陸に上がり、別ルートで待ち合わせ場所に向かったのかも。後者であることを祈りつつ山道をよたよた走り、車のところへ戻った。十九時二十分。彼の姿はない。もう辺りは暗い。心臓がドクンドクンと音を立てた。

どうしよう。電話があるところまで行って、長男を小山から呼んで、二人で彼を捜すか？　消防署に電話して捜索隊を組んでもらうか。御用邸の中だとわかれば、皇宮警察も登場することになりそうだ……。やばいなあ。いや、ともかく彼がどんな状況下にいるのか確認するのが先決だと考え、ビクと釣り竿を車のそばに置き、懐中電灯で道を照らしながら、再度川への道を小走りに急ぐ。ただでさえ暗いのに、谷間は両側を山に挟まれ、そのうえ頭上は高い樹林に覆われ、月も星も見えない。

ようやく川にたどりつき、岸に沿って上流に歩き始めて間もなく、突然左から右へ、一筋の光がスーッと走った。愕然とした。Tは死んだのか。事故が起きた場所はこの近くなのかもしれない。斜面から足を滑らせて、崖下に落ちたな。

その直後、今度は右から左へ光がスーッと走った。

おっ、なんだこれは。ちょっとできすぎじゃないか。いや、もしかしてこれは蛍？　ほっとひと安心して上流へ急ぐ。二時間の予定の釣りだから、さほど遠くには行っていないはず。ほどほどと思える地点から川に下り、石につかまりよろけながら彼の名前を呼びつつ川を下る。蛍が乱舞する。二十時十分に川の出発点にたどりつく。彼の姿がなかったことで、ほっとひと安心。きっと道に迷ったに違いない。幸い七月は夜でも暖かい。また明朝捜しに来ようと思いつつ、車に戻った。二十時二十分である。

着替えてゆっくり車を走らせ始めると、遠くからパトカーが近づいてくる。あいつ、携帯電話を持っていたから一一〇番通報して、助けを求めたのかもしれない。私は車を止めて、パトカーが近づくのを待った。パトカーは私の車のそばでピタッと止まると、突然後部座席の窓が開き、T君が顔を出した。

「おーい、俺だあ！」

よかった～！

彼は十九時頃には道に迷ったのに気づいたそうだが、なんとかなるだろうと細い山道を歩き続けたところあずまやがあった。なんとなく胡散臭いと思い、腰をかがめて通り過ぎようとしたという。そのとき突然拡声器で「そこを歩いている人、止まりなさい！」と呼び止められ、皇宮警察に連行された。監視用のカメラに、彼が腰を低くした姿が映り、怪しいヤツと思われたらしい。

Ｔ君がかしこまって謝り続けていきさつを話すと、無罪放免となり、黒磯の警察に身柄を引き渡された。そこでその警官に頼み込み、私が待っているであろう場所まで乗せてきてもらったというわけなのであった。

「皇宮警察の人たちは優しかった」

彼は何度も言った。

で、彼の釣果も私と同じ二匹だけだった。

「水が少なくて夕焼けじゃ、釣れるわけねえよなあ」

私たちは笑い合ったのである。

山小屋に着くと、テーブルの上にパンとジュースが置いてあり、二組の布団が並べて敷いてあった。「二十時、小山に帰る」という長男の書き置きもある。ビールと「氷結グレープフルーツ」は冷蔵庫にたくさん冷えている。風呂を沸かしながら飲み始めた。

こうして、スタート時点からちょっと歯車の狂っていた一日は終わった。

翌日、T君はお詫びとばかり粘り強く腰をかがめて竿を出し続け、数匹の良型ヤマメを釣り上げ、奥さんにと持たせてくれた。いいお土産になった。

持つべきものは、ともに楽しい時間を味わえる家族であり、友人だ。

帰宅後、今回の顚末《てんまつ》を話したところ、家内はすぐさま私に携帯電話を買ってきた。

「釣りは山の中だし、携帯なんて使えないぜ」

「携帯は車の中に置いていけばいいでしょ。何かあったとき、車に戻ってきて、そこから方々に連絡すればいいのよ」

「はい、はい」

持つべきものは、よき友、よき家族、携帯電話というわけか。

●亡弟と初めての渓流釣り

私は六人兄弟の四男で、姉が一人、兄が三人、弟が一人いる。弟の久は四歳ほど年下で兄弟の中で一番仲が良く、宇都宮に住んでいた。まる子の子どもの Alice を引き取り、かわいがってくれていたのだが、Alice は糖尿病と腎不全のため三歳二か月で亡くなった。

小山と宇都宮は、距離的にはそう遠くはない。しかし、ともに働き盛りで忙しく、正月に家族ぐるみで食事をしたり、何か用があれば顔を合わせて手早く片付ける、といったつきあいを続けてきた。

久は平成十八（二〇〇六）年十二月から咳が出始め、翌十九（二〇〇七）年四月の精密検査で肺癌、しかも末期との診断が下った。そしてその年の八月十一日未明、永眠した。享年五十九という、信じられないぐらい早すぎる死であった。

逝く前日の夜、大学病院に入院中の久は目を開いて、何か話そうとした。付き添っていた私はベンチマスクを外してやった。

「兄貴、世話になったなあ」

「いや、世話になったのは俺のほうだよ」

「眠い、眠るよ……」

「ああ、ゆっくり眠れ。俺もおっつけ追いかけていくから……」

「うん……」

「仕事も闘病も、今日までよくがんばってきたなあ……。君は俺の自慢の弟だよ」

もう返事はなかった。仕事と友人、家族に恵まれた、よい人生だったと思う。

二週間後の八月二十五日土曜日の午後、私は久しぶりに那珂川の上流に入った。数日前少し雨が降ったおかげで水量は通常どおりになっていたが、晴天で、こんな日はなかなか釣れるものではない。渓流釣りはそう簡単なものではないのだ。

経験十年の釣り師さえ、山奥の渓流では、朝から夕まで竿を振って数匹釣れればよしとしたものだ。まあ釣り歴三十五年の自分ゆえ、夕方二時間もあれば三、四匹は釣れるだろうと思って竿を投げ入れたのだが、驚くほど釣れ始めた。一時間で十匹も釣れてしまった。

「これはいったいどうしたことだ?」といぶかしんだとき、突然弟の声が響いた。

「兄貴、この夏は俺の看護のため、ほとんど釣りに来られなかっただろう? 今日はそのぶんいっぱい釣らせてあげるよ。もう準備はできてるんだ!」

本当に驚いた。久は私の脳の片隅に住み着いてしまったらしい。もしかして弟の姿も見えるのではないか? と私は周囲を見回した。

赤い小さなサンゴを数珠のように並べたミズヒキ草が、川の両岸から森の奥へと続いており、蛍草がそこここで薄紫の花弁を風に揺らしている。見上げるとギンヤンマや大きなオニヤンマが空中で一瞬留まったあと、川の上を矢のような速さで飛び交っていった。

突然美しいピアノの旋律が脳裏に流れた。

「ああ、これは……ショパンの曲だ。なんと美しい調べだろう。そうだ、これはノクターン（夜想曲）の20番・嬰ハ短調じゃないか。たしかショパンの死後に発見された曲で『遺作』と呼ばれているものだ。心が溶けてしまいそうだ。だけどなぜ今、こんな山の中で？」

めまいがした。よろけてしまい、川岸の岩に私は腰を落とした。

弟と渓流釣りに来たことはかつてなかった。弟が結婚した翌年私も結婚し、弟の長男・長女と私の長男・次男はそれぞれ一歳違いだったから、よく一緒に遊んでいたものだ。

奥多摩の日原鍾乳洞《にっぱらしょうにゅうどう》へも行った。子どもたちを乳母車に乗せて、多摩動物公園の丘陵もともに歩き回った。二年続けて軽井沢の民宿に泊まり、旧軽や中軽、レイクニュータウン、堀辰雄邸にも足を延ばした。そうだ、軽井沢の民宿では夕食に鯉《こい》のアライが出たっけ……。

うん、海にも行った。奥松島《おくまつしま》では船に乗って寒風沢《さぶさわ》へ渡ったこともあった。その翌年から は月浜《つきはま》へ。海では弟と釣り糸を投げたこともあったが。そうだ、蔵王《ざおう》の山中で、スシに載っていたイクラを針に刺して、橋の上から釣り糸を垂らしたらイワナが釣れたと、久が楽しそうに笑っていたことはあったけど、でもついぞ私と一緒に渓流釣りをしたことはなかったなあ。うーむ、もう少し釣り続けるか。

こうして二時間でなんと一七〜二〇センチほどのイワナ・ヤマメ十四匹、二一〜二四センチを六匹と大量の釣果を得た。十八時を過ぎて、山奥の谷間は一気に暗くなってきた。秋の日はつるべ落としというけれど、山奥の谷間は夏でもつるべ落としだ。しかもこの時間帯が最も釣れるのだ。

「よし、もう四、五匹、大きめのヤツを釣ってやろう！」と意気込んだとたん、再び弟の声が響いてきた。

「兄貴、今日はもう十分に釣っただろう？　暗くなってきたからもう帰ろうや」

私はまたもや仰天した。

「なんと！　一人で釣ってきたはずだったのに、今日は久も僕にくっついて、僕の釣りを眺めていてくれたんだ！」

亡弟との初めての渓流釣り、と思い至った瞬間、一番よく釣れる時間帯である夕まずめの、大型ヤマメへの熱は風船がしぼむように冷めた。

「そうだな。こんな晴れた日だったのに、君のおかげでわずか二時間で驚くほどの釣果だったよ。もう竿を納めて帰ることにしようか」

私にしては信じられないほど素直に、釣りを断念する気持ちになった。そしてまだ明るさの残っている夕刻に懐中電灯をつけることもなく、車のもとに無事戻ったのである。

弟は世を去ったけれど、私はもうしばらくこの世で人生を紡ぎ続けるだろう。そして許されるならば、あと数年渓流に来るだろう。私の脳の片隅に住み着いた久も、おそらく私についてきて釣りを見守り、私が安全に帰れるよう穏やかな声で忠告してくれるのだろう。

今回の釣行で、私は自然にそう悟った。それは心強いというより、どこか温かいゆとりの感覚である。真剣勝負の様相をおびていた従来の釣りから、ゆとりのある心豊かな釣りへ――。

弟は死去してからも、私に不足していたものを無理なく悟らせ、自然と一体化して歩んでいくよう、私の心を導いてくれている。それはショパンの遺作が、死後も人々の心を癒してくれるのに似ている。

おそらく弟は、私のみならず、親しかった何人もの人たちの心の中に、あるいは脳の片隅に住み着いたのではないか。人生は奥が深い。ひとつの死がいくつもの生に命を吹き込むことがあり得るのだと私は思った。

第五章　命がけから楽しむ登山へ

全日空時代に、同僚のH君と彼の同窓生のT君に導かれて登山を始めた。当時は若かったので体力もあり、命知らずだった。毎年死者が出るような最難関のルートにも、果敢に挑んだ。しかし、次男が生まれたとき、危険な登山から身を引いた。

そして数十年が経ち、子育てがひと段落した頃、再び山に登り始めた。今度は家内や犬、孫たちとともに。山の高低にかかわらず、登山そのものが楽しくてたまらない。

●大雪山縦走に挑む

私が全日空に入社したのは昭和四十四（一九六九）年春のことだった。翌年から山に登り始め、四十年代後半の夏、七月十日から十五日にかけて、同僚のH君、彼が師と仰ぐT君と三人で大雪山縦走を試み、層雲峡《そううんきょう》から黒岳に登った。

ダケカンバの巨木群の中を行くと、野ウサギと見まがうばかりの大きなエゾリスが、私たちを怖がらずに大樹を上り下りして迎えてくれた。黒岳から北海岳、白雲岳《はくうんだけ》、忠別岳《ちゅうべつだけ》、五色岳、化雲岳《かうんだけ》、トムラウシへと、標高二〇〇〇メートル前後の尾根を歩き続ける。コケモモ、エゾノリュウ、ショウジョウバカマ、駒草、シオガマ、ミヤマリンドウ、ウサギギク、ウルップ草、チングルマなどの美しい高山植物の群落に感動し、氷河時代の生き残りといわれるナキウサギが、珍しい動物でも見つけたかのように「キチーッ、キチーッ」と鳴きながら、這松の中を三〇〇メートルも私たちを追いかけてくれたのも忘れられない。本州では耳にしたことのない駒鳥やオオルリの鳴き声を聞けたのも嬉しかった。

一方、地図上だけではなく所々に「ヒグマ出没要注意」の木杭が立ててあり、大岩のそばを通り過ぎるときは不安で脈が速くなった。縦走中、左方の石狩岳《いしかりだけ》やニペソツ山の方角に暗く広がる谷間は、いかにもヒグマの住む空間を思わせた。

トムラウシ山頂から予定どおり川を下ることにしたが、雪解けさなかの谷間を下るのに苦慮した。T君はかつて東大ワンゲル部の部長をしていた強豪だけあって、見事なザイル捌きを見せてくれた。

大木に縛りつけたザイルをカラビナに通し、私たちは一人ずつ谷を下りる。三人が下りたあと、彼がザイルをパンッと引くと、大木に縛りつけられたそれは弾かれたようにほどけて下に落ちてくるのだ。次々にぶつかる谷間をそうやって切り抜けたが、沢にたどりついてからが恐怖の時間帯となった。

雪解けの水は肌を刺すように冷たく、増水した流れは激流となって谷を下っていたのだった。私たちは地下足袋にわらじをはき、ザイルでつながりあって谷川を下っていった。川の両岸は崖になっているため、ジグザグに谷川を横切らなければならない。まず二人がザイルを引っ張って、先頭の一人が杖をつきつつ徒渉する。

次いで二番手が先頭と後方の二人にザイルを支えてもらって徒渉、最後にすでに渡った二人が支えるザイルを頼りに三番手が渡るという具合で時間もかかる。最も怖かったのが滝を巻いて崖をトラバース（横切る）するときだった。足を滑らせれば一〇〇メートルも下の滝つぼに落下する。崖に生えているのはフキぐらいのものでつかめばポキッと折れてしまうから、頼りにするのはフキの根元の膨らんだ部分だけ。ここにわらじを乗せて崖を横切っていく。

このときはザイルを使わなかった。一人が足を滑らせて崖を落ちても、残りの二人でそれを支えるだけのしっかりしたホールドがなかったからだ。フキとフキの間が一メートルも開いている箇所では体重を移す勇気が出ず、膝を屈曲したまま耐える。大腿部が痛くなってくる。今来た道を戻りたくなるが、もはや無事に戻れる自信はない。仮に戻れたところで先がない。呼吸が苦しくなってくる。「やるしかない」と自分を鼓舞し、危険を顧みず足を伸ばす。自分の子どもを助けるために、燃え盛る火の中に飛び込んでいく心境だ。西穂高岳《にしほだかだけ》から奥穂高岳へのコースはなかなかの難コースで、年に数人は墜落死する。特にジャンダルムを巻き、滝谷の岩場をトラバースするときは怖かったが、その二倍ぐらいの恐怖を味わった。

腰から下はずぶ濡れ状態ゆえ、十六時頃から一段と冷たくなった水と大気で身体は凍え、震え続け、無事に予定地に着けるとは思えないほど心細くなり、途中でのビバークも想像したが、朝までには凍死してしまうかとの不安ものしかかった。

恐ろしい季節に沢下りをすることになってしまった、もし助かったら二度とこの季節に沢はやるまいと心に誓った。

十六時予定の魚止めの滝下に到着したのは、すっかり暗くなった十八時三十分頃。冷え切った身体のまま震えながらテントを設営する。夜はブユに悩まされた。テントの天井部分にたくさんのブユがとまり、袖口からも侵入してくる。虫除けスプレーが実に有効だった。

翌日は苦難を乗り越えた最高の一日となった。朝の六時から昼の十二時まで六時間、イワナやオショロコマを釣り続けた。リュックに入れていった釣り餌用のキジ（ミミズ）やブドウムシがなくなると、岩に無数にへばりついている羽蟻を数匹捕まえて針に刺して釣り続ける。これがまたよく釣れる。

三人で尺物十匹を含む百五十四匹以上を釣り上げ、昼から夕方まで六時間かかって腹を割き、刺身で食べ、焼いて食べ、塩漬けと燻製も作った。燻製作りにはダケカンバを使った。樹皮は油を含んでいるようで、雨が降っていてもよく燃えるのだった。

翌日、谷を下って天人峡《てんにんきょう》の宿に着いたとき、眼鏡の奥の瞳をきらきらさせ、空を仰いで「久しぶりに充実した山行だったなあ！」とつぶやいたT君のひげ面と声が、今も記憶に残っている。

●大雪山でヒグマに遭遇

昭和五十二（一九七七）年三月に全日空を退社してからも、H君、T君との交流はもちろん続いており、その年の八月末から九月初めにかけて、再び北海道の大雪山縦走に挑んだ。今度は、全日空の先輩も加えて四人で、前とは逆コースをとり、天人峡から沢を遡上し、魚止めの滝に向かった。

北海道の山はすでに秋の風情だった。無数に飛ぶ赤とんぼをつかまえ、翅を半分ちぎって川へ放ると、トンボはパタパタと水面近く落ちていく。すると水中からイワナが空中にジャンプしてトンボを捕らえるのだった。水は少なく、雪解けの頃あれほど難渋した沢の上りは楽勝で、いくつも続く滝をどんどん直登して目的地に到着できた。

ここでまた大量のイワナを釣り、翌日は各自二十匹ずつを塩漬けにして背負い、トムラウシの山頂に立った。もうテン場には人影はなく私たち一組だけ――。

その夜のことだった。二十一時過ぎに強い風が吹き始め、二十二時頃テントの周りをヒグマがのしのし歩く雰囲気が伝わってきた。テントは狭く、男四人が前を向いてやっと座るスペースしかない。四人のザックも登山靴も、外に置いたままだ。

一つしかないナタは、なぜか私の膝の上に置かれた。動物は鼻の部分に弱点がある。「後ろから襲われたら助からない。運よく前方から入ってきたら、鼻かアキレス腱を狙うしかない」と決意し、私はナタを構え続けた。

ヒグマによる悲惨な事件は、吉村昭著『羆嵐《くまあらし》』に代表されるように明治から大正の開拓時代に何件も発生し、昭和二十四（一九四九）年にも私たちが歩いた大雪山の縦走ルートで発生した。その後は、重症例や軽症例は毎年あるものの、悲惨なケースは鳴りを潜めていた。

だが私たちが大雪山に登る数年前に、有名な事件が起きていた。場所は日高山脈で、昭和四十五（一九七〇）年七月、福岡大学ワンダーフォーゲル部のパーティ五人が、一頭のヒグマに襲われ、三人が殺され食われたのだった。その知識があったから、私たちも生きた心地がしなかった。

誰かがつぶやいた。

「ヒグマはタバコのにおいを嫌うって聞いたことがある」

「やってみよう！」

私たち四人はタバコをくわえ、ライターの火を点けた。途端にテントの中がパッと明るくなった。当たり前のことだがまったく想定しておらず、ギョッとした。ヒグマがびっくりしてテントの中に飛び込んでくるのではないか、と一瞬背筋が寒くなった。息を呑んでじっと見つめる……。入ってこない。勇気を得て、私たちは必死にタバコを吸っては煙突部分から外へと煙を吐き出し続けた。

午前零時頃から風は弱まったものの、私たちはまんじりともせずテント内に座り続けていた。四時頃薄明るくなってきた。そっとテントのチャックを開くと八〇メートルほど離れたところに、赤いザックが一つ転がっていた。登山靴が一箇所咬まれ、歯型が残っている。私はナタを構え、じりじりと腰を曲げつつ、ザックを取りに行った。イワナが食い散らされていた。

《テントに残った三人の会話》
「立石さん、ザックなんか取りに行って……。絶対襲われて食われちゃうぞ」
「うん、その間に……、俺たち逃げよ！」
「よし、すぐにテントたたんじゃお！」

そんな会話を交わしていたとはつゆ知らず、この後間もなく、私はザックを左手に、右手にナタを構え、あとずさりしながら無事戻ってきたのである。

私たちは下山の道を走り続けた。這松や大きな岩のそばを通るとき、ヒグマが出てくるのではないかと、恐怖で心臓がドックン、ドックンと激しく鳴った。二時間走った頃、左膝に痛みが出てきたため、ナタで木を切って杖とし、それにすがってさらに走りに走った。

四時間走って「助かったか」とやっと息をつけた。

道路に出たところにあった電話ボックスからタクシーを呼び、温泉宿まで乗せてもらった。運転手に今の出来事を興奮気味に話した。

「トムラウシ山頂のテント場にヒグマが出て、逃げ帰ってきたんですよ。テント場に出てくるようなヒグマは処分してもらわなくちゃ困りますから、地元の消防団や警察に連絡しといていただけますか？」

「いやあ、お客さん、北海道じゃヒグマが出てきただけで騒いでいたらきりがないですよ」

と一言で片付けられた。

宿に到着し、湯につかりビールを飲んで生き返った。このときほど愉快な気分になったことはない。そして前述のテント内での三人の会話を打ち明けられた。

「実は立石さんがザックを取りに行ったとき……」

私はビールを飲んでごきげんだったこともあり、笑って許した。

「そうか、それは緊急避難だから、しょうがないな」

自分の命を救うために他人の命を犠牲にした場合、これを罰することができるか、という重い命題があるが、他に手段がなくてやむを得ないときは罰せられない、と刑法でも定められている。私がヒグマに食われている間に逃げるのは、この緊急避難にあたるだろう。まあ、そんな小難しいことを言わずとも、結果オーライだ。

みんな無事だったことに乾杯！

これが最後の大雪山縦走となった。三度目の大雪山への誘いが来たときには、すでに次男が生まれていた。私には二人の子どもと家内という守るべき存在がいた。おっと忘れてはいけない、その頃はアルマンもいた。登山は断念し、もっぱら渓流釣りへと方向を転じたのである。

●ワン公慰霊のために登山再開

それから三十四年が経った平成二十三（二〇一一）年十月、私は登山を再開した。この間に子どもたちは無事成長し、仕事を持ち、四人のうち三人が結婚した。おまけに五人の孫まで授かったのだ。私と家内の子育てはめでたく終了、孫たちも加わり新たなステージに入った。

理想的な犬だったまる子は平成十四（二〇〇二）年秋に死去し、その半年後にまる子の息子テリーも犬生を終えた。打ちひしがれた私たちは、すぐさま雌のブルのルビーを、その三か月半後には雄のブルの大和を迎え、「ルビー・大和時代」に入った。だが、八年ほどしか続かなかった。東日本大震災が発生した平成二十三（二〇一一）年七月二十九日にルビーが死に、その約二か月後の十月二日には大和が虹の橋を渡った。

そこで彼らの慰霊登山を敢行することになった。言い出しっぺは自治医科大に勤めていたときの同僚で、内科医の大和田信雄先生である。彼も雌のシェパードのアミー、雄のブルドッグの権六を失っていた。

慰霊登山の対象として、私は日光の女峰山《にょほうさん》を選んだ。

平成二十三（二〇一一）年十月八日土曜日、午前の診療を終えてすぐ宇都宮の大和田先生宅に行き出発。光徳牧場前のアストリアホテルに一泊し、翌九日に日帰りで女峰山（二四八三メートル）—帝釈山《たいしゃくざん》（二四五五メートル）—富士見峠《ふじみとうげ》（二〇三六メートル）を一周して下山する計画だ。

九日朝、私と大和田先生はホテルで朝食を食べ、すぐ車に乗って登り口の志津乗越へ向かった。八時に着いたが駐車場は紅葉を見に来た人たちの車でいっぱいだった。あとでわかるのだが、道標が車の陰に隠れて見えなかったため、三方向に分かれる道のひとつを間違えて選んで歩き始めた。

私たちのほかにも道標が見えず、道を間違えて迷っている何組かの人たちに出会った。同様に私たちも道に迷って、下りの巻き道を歩き続け、崖にぶつかっては回り道しているうちに熊笹の藪の中に入った。そこからは地図と磁石を頼りに、女峰山の方向の見当をつけ、ひたすら熊笹の中を登りまくった。

二時間後に登山道にぶつかったのだが、そこは出発点からわずか一キロしか離れていない地点であることが、早歩きしてきた若者の話でわかった。時計を見ると午前十時近い。全身汗だく、くたびれきったものの、もう一度気力を奮い立たせて山頂に向かうことにしたが、きつい登りだった。標高二四八三メートルの高さは伊達でなく、消耗した。

涸沢の水場から三〇～四〇メートル登った辺りで午後一時五十分。立ち込めたガスが冷たい風に乗って流れてきて、始まったばかりの紅葉を楽しめない。山を下りてきた人に聞くと「山頂はガスが充満していて景色は見えず、風が強く寒い」とのこと。標高差であと二〇〇メートル登れば山頂に着くはずだったが、ここで私たちは撤退することにした。疲《ひ》労困憊《ろうこんぱい》、天候不順、時間が足りない――。はじめの二時間のロスと体力の消耗が後々まで響いたわけだ。

帰路の馬立から志津乗越に至る登山道に、突然大きな鹿が姿を現した。想像していたよりはるかに大きく、子馬並みというか、犬でいえば雄のグレートデンでも最大級の大きさに見えた。つまり肩の高さでいえば一メートルを優に超えている。奈良公園にいる鹿とは桁違いだ。

私たちを見て鹿はすぐ右側の斜面に生えている熊笹の中に、ひょいひょいと跳んだ。尾が丸く白っぽいのが印象的だった。二〇メートルほど離れた高みに立ち止まり、首を出して私たちを観察している。大和田先生が写真を撮ろうとカメラを構えたとたん、鹿はピョ〜ン、ピョ〜ンと熊笹の中を跳躍し、走り去った。そして間もなく「キュ〜ン……キュ〜ン」という物悲しい鳴き声が森の中に響き渡った。

駐車場到着は十六時四十分、もう周囲は薄暗くなり始め、たくさん停まっていた車もほとんどは姿を消し、三方向の道がどこに向かうかを示す道標が立っていた。この道標は車の上に見えるぐらい、高い位置に設置しておくべきではないか。道標が低い位置に立てられていたため車の陰になって見えなかったことと、出発時点に地図と磁石で方向を確認しなかったことが今回の失敗の原因になったのだ。

女峰山は優しげな名前に似合わぬ手ごわい山だった。次に女峰山に登るのはいつのことになるだろうか。ワン公たちの慰霊登山の対象をどの山に据え、いつ実行に移すことになるだろうか、などと思いながら帰路に就いた。

女峰山登山から帰宅して四日、壊死した足指の爪二本と大きな足底のまめの治療をしているうちに、次の慰霊登山の目標が見えてきた。那須山塊の盟主・三本槍岳《さんぼんやりだけ》だ。大和田先生にメールを送り、天気予報に応じて日程を決めることにしたが、十月中は天気のよい日は少なく、やむを得ず十一月三日の文化の日に決めた。

午前三時五十分に起床して宇都宮に行き、大和田先生と合流し、午前五時に那須に向けて出発。午前六時三十分山登りを開始、午前八時に朝日岳《あさひだけ》山頂（一八九六メートル）に到達、九時四十五分に目標としていた三本槍岳（一九一七メートル）に登りつめた。

ときに細かい雨がぱらつく曇りがちの天気で、山頂は風が強く寒かったが、目標を達成し、山頂の石の下に四頭のワン公たちの写真を納め、これまで私たち家族を癒し続けてくれた彼らに感謝の祈りを捧げた。

一時間後に下山を始めた。午後一時過ぎから陽が差し始め、紅葉の名残を味わえたのは、ワン公たちからのプレゼントだったのかもしれない。

●犬をおぶって山登り

慰霊登山を終え、少し心が落ち着いたのだが、大和が夢に出てきて「お母さんのために僕の代役を探してあげて」と訴えるので（私が寂しくてたまらず、大和にかこつけただけともいえるのだが）、今度はフレンチブルドッグの小太郎を迎え入れた。小太郎ははじめはビビッていたものの、急になついた。そこで思い切って彼を連れて、家内とともに三毳《みかも》山《やま》（二三〇メートル）に登ることにした。

慰霊登山から約一か月後の十二月四日、小太郎は私に背負われ、リュックから首だけ出して、家内の顔を見ながら山頂に到着した。

日光の山々が近くに見え、はるかかなたに雪をかぶった富士山や浅間山、赤城山を遠望できた。なんと東京のスカイツリーも見えた。三毳山は近場にあるうえ、冬に登る里山としては手ごろで、国道50号線沿いの三毳不動尊から山頂の青竜《せいりゅう》ヶ岳《がだけ》（二二九メートル）まで、およそ一時間半でたどりつける。

下り始めたとき、思いついて小太郎を地面に下ろしたところ、生後二か月と十日の小太郎が、懸命に私と家内を追いかけて、六〇〇～七〇〇メートルの山道を自力で下ったのには驚いた。ブルドッグでは考えられないことだ。いやあ、楽しかった。フレンチブルの運動能力は間違いなくブルドッグを超えている。

これに味を占めて、翌平成二十四（二〇一二）年、正月明けの一月八日、太平山《おおひらさん》縦走に踏み切った。小太郎生後百日である。

前回より一回り大きなリュックに小太郎を背負い、千段はあるといわれるあじさい坂の急な階段を上り始めて、約二十分で太平山神社に到着。神社の右手から登山道に入り、十五分で太平山山頂（三四六メートル）に着いた。そこから二十分ほど歩いたところで小太郎を下ろすと、彼は一生懸命登り始めた。

ぐみの木峠を経て一等三角点を置く晃石山《てるいしさん》（四一九メートル）山頂まで一時間二十分、さらに桜峠を経て馬不入山《うまいらずやま》（三四五メートル）まで一時間十分、登り下りを続けた。馬不入山からの眺望はなかなかのもので、三毳山のときよりもう少し大きな富士山、浅間山、上州の山々、男体山《なんたいさん》（二四八六メートル）・女峰山などの日光連山を眺めることができた。

小太郎の運動能力にはまたまた驚かされた。けっこう急な登り斜面もあるし急な下りもあるのだが、後れ気味の家内を心配して立ち止まったり、戻って迎えにいったりと、運動能力だけでなく賢さにも感心させられた。かわいさではブルドッグにかなわないまでも、運動能力や注意力の面ではブルドッグの上を行くのではないかと思われた。

結局、私と家内は下山するまで四時間半、生後百日の小太郎はなんと三時間半、登ったり下ったりを続けたのだった。

こうして、かつての命がけの登山から、家内や犬など家族と楽しむ登山へと転じ、私は登山の新たな楽しみを見つけたのである。

その後、雌のフレブル、風子も加わり、二匹を連れての登山はいっそう大きな喜びを私に与えてくれた。

●富士山にチャレンジ

平成二十四（二〇一二）年春、私は家内と小太郎、風子を連れて太平山（四一九メートル）に、三週間後には関東の名山・筑波山《つくばさん》（八七七メートル）に登った。

その後も次々に社山や太平山、三峰山などに登り、お盆休みの八月十三、十四日には富士山に挑戦した。一人でＪＴＢの富士登山ツアーに参加したのだ。ところが悪天候で、強風が吹き荒れ、横殴りの雨に叩かれ、二重に着たカッパも役に立たず、全身ずぶ濡れとなった。天候が回復する見込みもなく危険なため、八合目を目前にして撤退を余儀なくされたのである。登山ガイドのこの判断は正解だったと思う。

一か月後の九月、十六、十七日の連休を利用して、富士山に再挑戦した。今回は、全日空時代の友人と二人で、関西の旅行会社・サンシャインツアーに参加した。お盆休みも彼と参加する予定だったのだが、直前に身内に不幸があり、彼は来られなかったのである。

西新宿を七時半に出発、中央自動車道は激しい渋滞で、二時間遅れの十三時ちょうどに富士山五合目に到着。道中しばしば雨がバスの窓を叩いていた。大型の台風16号が近づいているらしい。

十四時二十分に五合目を出発し、私たちは連なって曇り空の中を順調に登っていった。ときどき晴れ渡ると、信じられないほど雄大な雲の峰がどんどん姿を変えていく。六合目から七合目にかけては、美しい高山植物を見ることができた。十八時に太陽が沈んだので急に暗くなり、懐中電灯をつけて登り続けることになった。

七合目を過ぎてもうすぐ八合目というところで、ツアー客の一人が崖から落ちて膝を打ち、動けなくなった。富士山では、八合目までブルドーザーが昇降できる別ルートが造られている。このブルドーザーを要請し、怪我人は麓の救急病院へ運ばれることになった。それを見ているうちに寒風が吹き始め、私たちの身体も冷えていった。

標高約三〇〇〇メートル、八合目を目前にして、同行の友人の息遣いが荒くなり、意識が朦朧として、何度も転ぶようになった。私が彼の手を引いたり、リュックを預かったりしたが、身軽になっても彼はすぐ転んでしまう。頭痛や嘔気《おうき》を訴えていないので、高山病ではなく、低酸素症によるものだろうと私は判断した。

彼は富士登山の準備として、リュックに一〇リットルの水を詰めて、近所にあるお寺のおよそ九十段の階段を、毎日十往復して鍛えてきたと言っていた。だが、標高三〇〇〇メートルまで達すると、空中の酸素は平地の八〇%程度になるといわれており、筋力は鍛えられても心肺系の強化に関しては不十分だったのかもしれない。

結局友人はここでリタイアすることになった。もう時刻は夜の七時になっていた。彼に付き添って私もここでリタイアしようと思ったのだが、幸い四十歳の強靭《きょうじん》な山男の添乗員が友人を支えて、七合目の山小屋（東洋館）まで引き返してくれることになった。

私はそのまま登り続けた。そのうち一時間以上にわたって急に雲が消え、夜空一面に星が輝き、北斗七星、北極星、カシオペア、白鳥座、天の川などを見ることができた。また眼下には山中湖・富士吉田・河口湖・横浜方面・東京を含む関東地方、千葉県の木更津方面などの灯りが散らばり、それはそれは美しい夜景が広がっていた。

二十一時十分、八合目の最上段、標高三四〇〇メートルに位置する「富士山ホテル」と名付けられた山小屋に到着（ちなみに三六〇〇メートル地点が九合目と呼ばれ、頂上は三七七六メートル）。

山小屋に到着する直前からまた上空は雲に覆われ、雨が降り始めた。小屋に入ってすぐ小さなハンバーグとウインナー二本が入ったカレーライスを食べ、二十二時に仮眠開始。午前二時半出立の予定だったが、台風16号の余波で暴風雨になっており、午前二時十五分に撤退が決まった。

十七日早朝、一瞬出現したご来光を見、五時五十分下山開始。ガイドの話では五合目まで、早い人で二時間半、通常は三時間半〜四時間を要するとのことだったが、友人のことが心配で私は駆けるように下り続け、一時間五十分で五合目に到着した。その途中も雨が降ったりあがったりし、三回も四回も美しい虹が輝いた。

友人は私より二十分ほど遅れて八時に五合目に到着。互いの無事を確かめ合って、安堵したのである。

こうして、この年の富士登山は二連敗に終わったのであった。

十月には前年に道に迷って途中で撤退した女峰山にトライ。もちろん同行者は大和田先生で、今回は無事登頂。十一月には家内とともに那須の茶臼岳へ、十二月には晩秋の日光・鳴虫山《なきむしやま》に出かけ、登り納めとしたのである。

●正月に定めた目標を達成！

暮れから正月にかけて暴飲暴食をしてしまい、反省して、平成二十五（二〇一三）年の年明け、一月二日に三毳山に登った。十時半に登り始め、南から北まで縦走し、十二時に標高二二九メートルの青竜ヶ岳に達したが、暖かい日で湿度も高かったため、富士山や浅間山を見ることはできなかった。

かろうじて筑波山と東京のスカイツリーが見えただけ。さらに北から南まで戻ってきて十三時三十分に下山した。でも、この往復の間に今年の目標が定まった。男体山と日光白根山《にっこうしらねさん》（以下、奥白根と記す）、富士山の三山を踏破しようと考えついたのであった。

二月十一日には、昼過ぎに四歳十一か月の双子の孫たち（娘の子どもたち）と三毳山に登った。急な斜面では何度も転んで枯れ葉まみれになりながら、よくがんばって孫たちは自分の足で山頂まで登りきった。

山からの下りではどんぐり拾いに夢中になった。小さくても綺麗などんぐりもあれば、とても大きなどんぐりも落ちている。下り道では重力が加わるため、派手に転んで、頭を打ったり腕を痛めて泣いたりもした。その足で三毳山のわんぱく広場に寄って丸々三十分間遊んだが、夕方になって急に寒さが増し、彼らの活躍を見守る我々大人たちは身体が冷え切って、震えたのだった。

孫たちが拾ったどんぐりを帰宅後植木鉢に植えたところ、春になって芽が出始め、十本以上が育った。葉っぱから推測すると小さめのどんぐりは樫《かし》の木、大きめのどんぐりは小楢《こなら》の木のようだ。孫たちの成長とともに、この小さな木々も育っていくに違いない。

四月二十八日には、今年の目標の一つ、日光の男体山に向かった。午前四時半起床、五時四十五分に家を出て、中禅寺湖畔の県営駐車場に車を停め、七時半に登山を開始する。登山口にあたる二荒山《ふたらさん》神社中宮寺の標高は一二八〇メートルだから、山頂までの標高差は一二〇〇メートルになる。

出発時点では風花が舞っており、身が引き締まる。四合目辺りで風花は止んだが、五合目から上の登山道は雪と氷に覆われている。すねにはロングスパッツをあてがい、靴底にはアイゼンを装着しての登りとなった。

出発して約二時間で七合目に、二時間半（午前十時）で八合目に達した。上空は晴れ渡っていて中禅寺湖の青さが目に沁《し》みる。対岸の社山も美しい。九合目を過ぎたところで腹が空いてたまらずおにぎりを食べた。それからまた登り始め、午前十一時に男体山山頂に到着。

一帯は一面の雪――。周囲の樹木はすべて霧氷となっており、空は青く澄み渡り、中禅寺湖を見下ろせば、それはそれは美しい風景が広がっている。だが、西側の尾瀬《おぜ》方面から雲がどんどん気流に乗って流れてくるため、奥白根山が見えたのは一～二分間だけだった。また西南の方向も雲に覆われており、富士山や筑波山を見ることはできなかった。

女峰山、帝釈山、大真名子山《おおまなごさん》、小真名子山《こまなごさん》、皇海山《すかいさん》、半月山《はんげつさん》、社山、黒檜山《くろびさん》など、日光周辺の山々を眺め、頂上は寒いので十二時に下山開始したが、中禅寺湖畔にたどりついたのは午後一時五十分だった。

雪の中での登り下りはけっこうきつく、最後の三十分間は左の膝が痛くなって困ったが、一本だけ持っていったストックが奏効し、無事に帰りつけた。

そして、今度こそという思いで難関の富士山に挑んだ。前年のお盆休みには悪天候で七合目で撤退、九月の連休に試みた二度目の挑戦も台風16号のため、八合目で撤退になった。この年の六月二十二日、富士山はユネスコ世界文化遺産に登録された。早速七月の連休を利用して、三度目の富士登山に挑戦したのである。ところがまたもや強風と横殴りの雨に阻まれ、九合目で撤退の憂き目に遭い三連敗！

八月十三、十四日のお盆休みに四度目の挑戦をしようと思うものの、さすがに諦めの境地にもなってくる。だが、「七転び八起き」と自分を奮い立たせ、八回目までは挑戦を続けようと、一人でツアーに参加した。

その年はお盆休みの交通渋滞が過去三回に比べると緩やかで、十一時四十五分には五合目の富士スバルライン登山口に到着した。十三時ちょっとすぎに五合目を出発。今回は前年の九月に参加した「サンシャインツアー」を利用したが、偶然にも添乗員はあのときと同じ「自分は雨男です」という柴田氏……。「こりゃ、やっぱり今回もダメかな？」と考えてしまう。

七月は登山道は大混雑で、おそらく二千人ぐらいが列を成していたが、お盆はその三分の二ぐらいの印象だ。所々で渋滞はあるものの前月ほどでなく、チョチョリチョチョリと盛んにさえずるミソサザイや、ケッキョッケ、ケッキョッケと鳴くウグイスの谷渡りの声に癒される。

五合目を過ぎて間もなく八合目まで、タデの花が咲き続ける。葉の裏が白ければウラジロタデ、葉の裏が白くなければオンタデと名づけられており、火山岩の多い高山に植生するといわれている。だが残念ながら、このとき裏側を見なかった。

霧の中を登り続け、ときどき雨……。雨ガッパを着たり脱いだりしながら登っていく。今回もダメか？　と不安を覚えながら二十時十五分に標高三四〇〇メートルの八合日最上段「胸突き江戸屋」に到着。この頃雨があがり、空の一角に北斗七星、カシオペア、北極星が見られたが、一方ではすぐそばの雲の間から雷の音が耳元でゴロゴロ響く、という不思議な現象も見られた。

夕食をとり二十一時三十分から仮眠、午前零時十五分に起床して朝食をとり、厚着をするなどして準備を整え、午前一時二十五分に山頂目指して登山開始。天の川も見える。東の地平線にはオリオン座が横たわっていた。シリウスは地平線の下にあるらしく、見ることはできなかった。風速五メートル程度。渋滞はあったものの順調に高度を稼ぎ、ついに午前三時十五分に吉田口からの山頂（三七二〇メートル）に到着した。

直ちに噴火口を九十分かけて一周する「お鉢巡り」に出発し、午前四時二十分に日本の最高峰である「剣《けん》が峰《みね》（三七七六メートル）」に到着。ご来光を待つことになった。

午前五時ご来光出現――。山頂にいた二百人ぐらいが全員で「バンザイ」三唱。ぐんぐん輝きを増しながら昇ってくる太陽。十五分間ほど山頂にいて、再び「お鉢巡り」スタート。なんと驚いたことに歩き始めて数分後に、ご来光と正反対になる西方向、眼下に横たわる雲海に、富士山の影が映る「影富士」を目にすることになった。

晴れた状況下にご来光が出現し、背景に雲海が横たわっているときに、雲海に映る富士山の影を、頂上にいる者だけが見ることができる。非常に貴重な光景だ。まことに感動を覚えるものであった。

残るは関東以北の最高峰である、奥白根山だ。十月十日頃が紅葉の一番の見頃なのだが、私がとうとう古希になるため、その頃子どもたちが泊まりがけで古希祝いをしてくれるという。なのでいつ登るか決めかねていたのである。

九月二十八日の夜、小山地区医師会の囲碁同好会が終わって帰宅した私に、家内が言った。

「お父さん、昨日までは明日二十九日は曇りの予報だったのに、今になって一日中晴れに変わったよ。登るのは明日きりないと思ったほうがいいよ。十月二十日の日曜日にかけても、天気が悪かったら、今年の目標が達成できなくなってしまうんじゃないの?」

なるほど。直ちに決心して登山の準備をした。そして二十九日の朝、午前四時半に起床し、五時半に家を出た。奥白根山に登るルートは主に四つある。
①奥日光湯元温泉から前白根→奥白根→弥陀ヶ池→五色山→湯元温泉への周遊健脚コース
②金精峠トンネルから奥白根山へのコース
③群馬県の菅沼から奥白根山へのコース
④ロープウェイ利用の群馬県丸沼コース——これが最も楽と言われている。
①はコースタイム約八時間、④はコースタイム約五時間と記されている。私は一応①を選んでみた。健脚向きというのがどれほどのものか体験してみたかったし、このコースが

最も美しく変化に富んでいる、と案内書に書いてあったからである。

登り始めて間もなくわかるのだが、前白根への登りといい、五色山からの下りといい、登山道はだいぶ荒れていて、かなりの労力を強いられるコースなのであった。標高差を計算してみると、湯元温泉（一五五〇メートル）から前白根山（二三七三メートル）、いったん下って奥白根山（二五七八メートル）へ、弥陀ヶ池まで下ってから五色山（二三七九メートル）に登り、湯元に帰る。

おまけに途中で、前白根山から奥白根山へ向かうとき、道を間違えて白根隠山《しらねかくしやま》（二四一〇メートル）までも往復してしまったものだから、累計標高差は富士山並みの一五五〇メートルにもなり、九時間以上も上り下りを続けることになったのだった。

以上のように栃木県側からのルートは大変なので、現在では九割以上の人たちが、登山道も整備されている前記の③か④のコースを選択しているようだ。

それはともかく、前白根山から奥白根山と五色沼を望む風景は雄大で美しい。奥白根山の山頂は三六〇度の大展望であり、富士山、八ヶ岳、秩父の山々、浅間山、尾瀬の至仏山《しぶつさん》と燧ヶ岳《ひうちがたけ》、会津駒ヶ岳《あいづこまがたけ》。もちろんすぐ近傍に男体山、大真名子山、小真名子山、女峰山、太郎山《たろうさん》など、実に素晴らしい。

道を間違って往復一時間を消耗したのは辛かったが、コケモモやガンコウランなどの高山植物の小さな葉に慰められた。弥陀ヶ池は、はや初秋の雰囲気が漂っていた。

こうして正月に三毳山で頭に浮かんだ三つの目標を、九月末の時点で達成できたのは嬉しかった。

もちろんその後も登り続け、十二月八日に登った丹勢山《たんぜやま》（一三九八メートル）と鈴ヶ岳《すずがたけ》（一四八二メートル）が記憶に残る。丹勢山は日光・清滝町《きよたきまち》の古河電工の奥にある山で、表男体林道から入山できるとされている。

七十歳を過ぎたからだろうか。枯れ葉が風に吹かれていっせいに舞い落ちるのが胸に沁みる。寒い冬空に山茶花《さざんか》が咲いているのがけなげで愛おしい。山を登っている私に驚いて小鳥たちがいっせいに飛び立つ。「ああ、ツグミの群れだ」と、久しく忘れていた小鳥の名前が突然蘇る。

沼ノ平《ぬまのたいら》から丹勢山だけを目標にしたのだが、一時間探しても登り口がわからず、人の足跡に見える獣道を登っていき、約三時間の藪漕ぎの後にピークと思われる頂にたどりついた。なんと、五十歳代と思われる夫婦が昼飯を食べている。

私は彼らに尋ねた。

「この山は丹勢山ではないのですか？」
「ここは鈴ヶ岳と呼ばれている山で、丹勢山は向こうに見えるピークです」
「そうですか、丹勢山に登ろうとやってきたのですが、登り口がわからず藪漕ぎしてここまでたどりついたのですが……。この山に来る登山道はあるのですか？」
「いえ、この山に通じる道はありません。私たちも藪漕ぎしてここまで来たのです。以前偶然ここまで来て、あまりにも見晴らしがいいので、毎年ここに来るようになったんです。男体山と中禅寺湖が美しいんですよね」

頂上には山の名前を書いた標識もないし何もない。地図を頼りにこの山の標高を調べると一四八二メートルと記されている。なるほど、ここから眺めると確かに中禅寺湖と男体山が美しい。中禅寺湖の標高が約一二八〇メートルだから二〇〇メートル高いところからの展望台といえそうな山に、たまたま来てしまったのだ。

彼らから教えてもらった丹勢山に向かって、私はまた藪漕ぎを続けた。すると突然林道に出くわし、丹勢山の登り口に小さな矢印があって、そこから一三九八メートルの頂に到達できるのだった。

もう時刻は昼を過ぎており、雲が湧いてきた。私は握り飯を頬張りながら晴れるのを待つことにした。丹勢山から見る男体山と女峰山の風景が素晴らしい、と本に書いてあったからだ。雲が去るかと思ったとたんに別の雲が湧き、一時間半頂上にいたのだが、よい写真は撮れなかった。

男体山にかかっているのは薄い雲であったが、女峰山は中腹から上が雲に覆われていて全貌を見ることはできなかった。近くで猟銃を撃つ音が響き、猟犬の吠える声も聞こえた。「ああ、あの吠え声はおそらくビーグルだな」と考えながら晴れるのを待ったが、願いはかなわなかった。温度は零度くらい。風があったので体感温度は零下六度くらいになっていただろうか。手袋をしていてもかじかむし、セーターを着ていても鼻水が出てくるので下山することにした。

次回は、なんとかして丹勢山への登り口を見つけたいものだと思いつつ、帰宅した。この年は二十六回、山に登った。

●山に登れば人恋し

「山を想えば人恋し、人を想えば山恋し」という言葉が残されている。日本近代登山の先駆者であり、大正六（一九一七）年に長野県大町市で結成された、登山案内人組合の中心となった百瀬慎太郎の言葉である。ロマンティシズムを感じさせる言葉ではあるが、私は最近までこの言葉に疑問を感じていた。

山を登っていく過程はけっこう孤独で、自分と向き合いながらの時間であり労作である。登っている最中に、私が高校生の頃に世を去った父や、五十九歳で永眠した弟の笑顔がしばしば脳裏をよぎる。だが父と弟だけではない。これまでの人生で少なからぬ思い出を残してくれた人たちの姿が浮かんでくることも多い。つまり、私に言わせれば「山を想えば人恋し」というよりも、「山に登れば人恋し」という気持ちになるのである。

また「人を想えば山恋し」という言葉を身近に感じたこともほとんどない。私の山への思い入れがまだ薄いからかもしれない。「人を想えば山恋し」を実感するまでには、まだまだいくつもの山に登り続けなければならないのだろう。

弟に次いで平成二十二（二〇一〇）年には、次兄を七十一歳で失った。私は六人兄弟なので、兄弟は四人になってしまった。

この際思い出作りをしておこうと、平成二十六（二〇一四）年五月十一日、割合元気だった私の八歳上の長兄、二歳上の三兄、そして私の三人で、中禅寺湖畔の社山（一八二七メートル）に登ることになった。

前日、十日の夕方に二人に小山まで来てもらい、夕食を食べて一泊。翌朝三人で、初めてで最後の（?）山登りに踏み切ったのだ。

さすがに当時七十九歳だった長兄はくたびれきった様子だったが、よくがんばって山頂までを往復した。キツツキのドラミングが山にこだまし、野鳥の声が響く。アカヤシオツツジ、ミツバツツジがそこここに咲いている。青く澄んだ中禅寺湖と、刻々と変化する男体山、太郎山、三王帽子山《さんのうぼうしさん》の風景に、兄たちはえらく感動したようだ。

下山してイタリア大使館別荘記念館に立ち寄り、雪を帯びた白根山や錫ケ岳が、湖のかなたにそびえる風景を眺め、その後中禅寺湖畔のレイクサイドホテルの一角にある「湖畔の湯」で疲れをとった。

こういう思い出を共有するうちに、いつの日か、長兄や三兄を想えば社山が浮かんでくる、というふうになるのかもしれない。そしてこのことが「人を想えば山恋し」へとつながっていくのかもしれない。

この年は、大目標として①富士山（三七七六メートル）、②奥日光の大真名子山（二三七五メートル）と小真名子山（二三二三メートル）、③尾瀬の燧ヶ岳（二三五六メートル）

の三山、小目標として①皇海山（二一四四メートル）、②奥日光の太郎山（二三六八メートル）と小太郎山（二三二八メートル）、③裏側からの男体山（二四八六メートル）の三山を定めた。

この思い出作りの登山の二週間後の五月二十五日、大目標の一つ、大真名子山と子真名子山に向かった。だが、二月に降った大雪のせいで、登山道は六合目から一、二メートルの積雪となっており、私より先に登っていた二人の男性たちの一人は、大真名子山には登ったものの、さらに北方に立つ小真名子山に行くのは諦め、もう一人は大真名子山に登るのさえやめて下山してきた。

私は大真名子山に登り前方を眺めた。遠くに見える小真名子山までは深い雪の中を標高差で三五〇メートル下り、さらに三〇〇メートルを登らなければならない。時刻は午前十一時。時間は十分にある。

大真名子山を下り始めた頃は積雪が深いというものの、あちこちの木の幹にペンキが塗ってあったり、赤い布が結んであったりで、雪の下はおそらく登山道なのだろうと思っていた。だが、標高差にして二〇〇メートルぐらい下ったあたりから、それらのしるしが見えなくなり、登山道からそれてしまったのではないかと思い始めた。しかし前方に見えるあの高い山を目指していけばよいのだろうと考え、鷹ノ巣と呼ばれる両山の鞍部まで下り切った。もちろん藪漕ぎ状態だから、自分より背の高い笹や樹木をかき分けかき分けし、今度はしだいに登り始める。

首に巻いていたタオルも、いつの間にか木の枝に引っ掛けてなくしてしまった。藪の中を登るのは面倒なので少しでも歩きやすいところをと行くうちに、どうやら小真名子山の谷間の雪渓に出たようで、そこを登っているらしい……。雪は一段と深くなり、しかも柔らかいから、膝上までズボズボめり込んで実に登りにくい。山の斜面を登ることにしようと、谷間から上がろうとしたら、そこは急な崖や岩の連続だ。

こりゃ危ない。戻ろうかとも考えたが、また道なき道の藪漕ぎを続けながら大真名子山の頂上まで登り、志津峠まで下るのか？　すごく疲れそうだ。遭難の危険も出てきたぞと思い至り、携帯電話を取り出したが「圏外」表示が出ていて、メッセージを送信できない。

このあたりで落ち着いて考えることにした。記録を残そう……。仮に遭難したとして、どのような行程でこんな状態に陥ったのかを記しておこう。私が仮に岩場から落ちて息を引き取ったとしたら、遺体を発見することさえ困難だろうが、見つかったときに私のメモがあれば、家族の気持ちが少しは落ち着くだろう。

メモを書き残してから、三十～四十年前に培った岩登りの技術を総動員して岩を登り、山頂を目指すことにした。技術といってもたいしたことではないが「三点確保」が基本で、あとはホールドを確かめて登る。つかめる岩が見当たらない場合は、手を身体の下にやって身体を押し上げたり、腹這いになって岩の上をズリズリ移動したりする。一番重要なのはルートファインディングで、一つの岩を越えた後にそこから先に登るルートの見当をつけることだ。それがうまくいかないと乗り越えたばかりの危険な岩を、またもや逆戻りするハメになってしまう。

大きな岩を一つ乗り越えると大腿部に疲労が押し寄せ、呼吸もハーハーゼーゼーする。そのたびに数分休み、水を飲んで気持ちを落ち着かせる。なにせ登山ルートにない未知の岩場を登っていくわけで、『ミッション・インポッシブル2』冒頭のトム・クルーズをついつい思い出してしまう（笑）。

こうして岩登りを続け、やっとのことで小真名子山の山頂に達した。大真名子山を出発したのが午前十一時、小真名子山到着が十四時三十分。通常のコースタイムを二時間半もオーバーしている。

山頂の横から今登ってきた岩場を見ると、よく無事に登り切ったものだと、我ながら幸運に感謝した。長袖のシャツを着ていたにもかかわらず、右前腕部の内側には何条もの擦り傷がついており、傷痕が消えるまで、この後二か月を要した。

谷間から小真名子山の山頂までは、通常のコースをたどれていれば、四十分足らずの行程のはずだが、雪の谷間を登り、岩登りへと移ったことで、三時間以上かかってしまった。とはいうものの、いったんは遭難をも覚悟したことを考えれば、幸運だったというしかない。山頂で握り飯を食べ始めたとたん、冷たい雨が降り始めた。おにぎりを三個頬張ってから、せかされるように下山を開始した。

この日は全行程を六時間と予想していたのだが、登山口まで戻るのに九時間半を要した。岩登りも怖いが、最も怖いのは雪だ。登山道がわからなくなると、大きな危険が待ち受ける。今回は身に染みた。この日、小鳥たちのさえずりは透明に澄んでいたが、霞《かす》んでいて展望は今ひとつだった。

七月二十、二十一日の連休には五回目の富士登山に挑み、激しい雨に見舞われたりしたが、無事山頂に到着し、ご来光を拝めた。

九月十四日には、この年の小目標としていた、日光の太郎山と小太郎山、二十一日には裏男体山に登った。

そしていよいよ紅葉の時期を迎え、九月二十八日には那須の茶臼岳（一九一五メートル）に登った。好天に恵まれ、透き通るような青空だ。霞んでいて富士山は見えなかったが、ニセ穂高と呼ばれる荒々しい山容の朝日岳（一八九六メートル）が、その先に那須連山の最高峰・三本槍岳（一九一七メートル）が望め、紅葉を帯びて美しい。日光白根山や燧ヶ岳も遠望できた。

その後頂上から右に折れて、茶臼岳と朝日岳の中間にある峰の茶屋に至り、そこから一転して左に折れ、茶臼岳の裏側にある牛ヶ首《うしがくび》に回った。途中「無間地獄」と呼ばれる硫黄の噴火口に近づいた。ゴオーッという激しい音を立てて噴煙を噴き上げる様はすさまじく、前日・二十七日の昼直前に大惨事を引き起こした、御嶽山《おんたけさん》の噴火を思わせた。御嶽山の死者・行方不明者は六十人を超えており、自然の猛威の前には、人間の存在などひとたまりもないことを肌で感じた。

牛ヶ首から右に下っていくと「姥ヶ平《うばがだいら》」と呼ばれる紅葉の名所にたどりつく。信じられないほど鮮やかな紅葉が広がっており、噴煙を上げる茶臼岳を背に、赤・黄・緑など、まさに錦織りなす絶景を眺めることができた。

少し先にある「ひょうたん池」の水も青く澄み切っていた。これほどの紅葉風景に接したのは、その六年前に訪れた京都の紅葉ぐらいだと、深い感銘を受けたのである。

山道にはリンドウが所々に咲いており、ガンコウランの紫色の実を口に含むと、ベリーを感じさせる淡い酸味が広がった。

この年は前年同様二十六回山に登り、大目標も小目標もすべて達成したのである。

●不覚にも膝の半月板損傷

年が明けて平成二十七（二〇一五）年、毎年のことだが、大晦日、元旦と飲み食いしすぎたと反省し、一月二日に足利の大小山《だいしょうやま》（三一四メートル）から大坊山《だいぼうさん》（二八五メートル）へ。いったん下山し、やまゆり学園まで迂回してから再び大小山に登り、その後、車を置いた阿夫利《あふり》神社まで下り続けた。この間に、この年の登山の目標を定めたのであった。

大小山はいわゆる里山で低山だが、冬の晴れた日の展望は素晴らしい。この日は冷たい風が吹き続けており、体感温度は零下五度ぐらいだったが、空気は澄み切っていて、富士山、八ヶ岳、浅間山をはじめ、蓼科山《たてしなやま》なども真っ白に輝き、榛名山《はるなさん》、草津白根山、赤城山、日光の山々、筑波山など、三六〇度の大展望だった。

浅間山から左に目を移していくと、ときには奥穂高と槍ヶ岳の頂上も見えると、詳しそうな人が双眼鏡を片手に話していた。この日は北アルプス方面に雲がかかっているらしく、それらを確かめられなかったのは残念だった。

四月には群馬県の妙義山《みょうぎさん》や福島県の安達太良山《あだたらやま》に、五月には、栃木県足尾と群馬県の境界に位置し、花の名山として名高い袈裟丸山《けさまるやま》（一八七八メートル）に登った。

この年、双子の孫たちは、小学二年生になった。二人を連れて、近場の三毳山に登ると、ドングリ拾い、栗拾い、松ぼっくり拾いに夢中になり、蝶々を追いかけたり、虫の観察をしたりと、実に楽しそうだ。それを眺める私も楽しくて、しばしば彼らとともに三毳山に登った。

五歳頃まではママと一緒でなくてはダメだったのに、小学一年生からはじいじと三人だけで登れるようになった。そしてその頃から漢字に興味を持つようになり、カーナビに出てくる文字や道路沿いの看板の字にすぐ気づき、「あ、田だ……中だ……花だ……小さいだ……大きいだ……」と次々に読んでいく。成長したものだ。

でも、山から下りて車に乗れば、やっぱり三分ともたずにコロッと倒れて眠りに落ちてしまうのだ。かわいい――。

五月末には小太郎と風子を連れて、家内とともに三嶽山に登った。ところがカンカン照りで、五月だというのになんと三十三度。登り始めて十分ほどで、ワン公たちはガハッガハッと呼吸困難になった。氷を詰めた冷水を二リットル持っていったので、木陰を探しては休憩して水を飲ませ、落ち着いたところでまた歩く。これの繰り返しになった。

三嶽山には中岳（二一〇メートル）と青竜ヶ岳（二二九メートル）の二つのピークがあるが、かろうじて中岳まで登り、そこから先は諦めて下山した。五月中旬を過ぎたら、里山はワン公にはきつすぎる挑戦であることを、私も学習したのであった。

八月のお盆休みには、甲斐駒ヶ岳（二九六七メートル）を目指そうと考えたが、天気予報は連日雨や曇り……。迷いつつも誘惑に勝てず、十三日の朝に墓参りをすませ、十時からあちこち電話をかけまくり、山小屋や電車、タクシーなどの手配をし、大急ぎで登山道具一式を準備して甲府へ。駅で待っていてくれた個人タクシーに乗り、広河原へ向かった。

夜中も小雨が降り続き、翌十四日朝になっても霧雨。マイクロバスの停留所に行くと大勢の人が並んでおり、バスは四十分遅れで出発した。その遅れを取り戻すべく、当初の予定を変更して、最初から急勾配になっている二子山《ふたごやま》への登山道を、準備運動もせずに登り始めた。

三〇〇メートルほど登った地点で、雨に濡れた岩で靴が滑った。後ろに転がり落ちるのを防ごうと伸ばした右足の膝が、グキリと音を立てて、くの字に曲がり、激しい痛みが走った。この時点では靱帯を傷めたと判断した。直ちに膝をさすったが痛みは取れず、撤退を決断した。膝サポーターを巻き、両手にストックをついて、よちよちとバス停まで戻り、傷心を抱えて小山に帰ってきたのである。

早く治して九月の連休に再挑戦しようと湿布を続け、右膝を休ませていたが、痛みは尋常ではない。車を運転するときは、どうしても右膝を最後に運転席に滑り込ませる。このとき、激痛が走るのだった。

一か月間湿布を続けたが改善が見られず、九月十二日、整形外科を受診した。ＭＲＩ検査の結果、靱帯損傷ではなく半月板損傷であることがわかった。炎症のため関節内に水が溜まっていること、これまでの一か月間の安静により膝周囲の筋肉が萎縮していること、などを指摘され、スクワットによる筋力増強を勧められた。

ゆっくりかがんでゆっくり立ち上がる運動を教えてもらい、早速その日からリハビリを開始した。初めのうちはとても辛かったが、一週間を過ぎる頃から徐々に回復を実感できるようになり、三週間後の十月四日には、思い切って三毳山にトライした。

通常は二時間半で往復するコースを、三時間十分かけて往復した。もう低山にも秋の気配が漂い始めており、ススキや萩の花に慰められ、七、八羽の小鳥たちの集団が、シジュウカラの群れであることを確認して帰宅した。

リハビリの第二段は、十月十二日の日光・丹勢山《たんぜやま》（一三九八メートル）登山だった。紅葉は始まったばかりで、リンドウの花とススキは風情があったが、帰宅後三、四時間右膝が痛み、リハビリ第三段の山は少しグレードを落とすことにした。

十月十八日には三床山《みとこやま》（三〇〇〜三三〇メートル）に、十月二十五日には氷室山《ひむろやま》（一一二五メートル）から熊鷹山《くまたかやま》（一一六九メートル）にトライした。これでなんとか八割方は回復したと思えたが、半月板損傷はけっこう尾を引き、翌年の八月頃になっても、登山中に突然ガクンという感じで右膝に力が入らなくなることがあった。岩場を登っているときにこれが起こったらと思うと、一抹の不安が残った。

●家族と登るとなお楽し

家内はもともと音大出身でスポーツ系とは無縁であったが、しだいに私にくっついて山登りをするようになった。あまり難易度の高くない山を、年に十回ぐらい登るようになったのである。

平成二十八（二〇一六）八月十三日は、孫たちと那須の茶臼岳に登った。お盆休みに入ったので、例年なら泊まりがけで大きな山に登るのであるが、その年は家内が先手を打って、十二日に娘と孫たちとともに一泊で那須に行ってしまったのだ。私はワン公二匹の面倒を見なければならず、大きな山に登るのは断念。

その代わりに十三日に那須のホテルに孫たちを迎えに行き、五人で茶臼岳に登ることにした。茶臼岳の標高は一九一五メートル。深田久弥氏の『日本百名山』にも収録されている名山であり、一度登っておくのはよい考えだと自画自賛した。孫たちも夏休みのよい思い出になることだろう。

幸い前日までの曇りや雨が晴天に変わり、日焼けする山行になった。赤とんぼがたくさん飛んでおり、ときどきアゲハ蝶もひらひら舞う。周りにはオンタデやギボウシ、ハハコグサが咲いている。近くには「ニセ穂高」と呼ばれる男性的な朝日岳がそびえ、はるかに那須連峰の最高峰である三本槍岳もそびえていた。

小学三年生になった孫たちは、じいじと元気に山頂まで登り、山頂の那須岳神社の賽銭《さいせん》箱《ばこ》に百円ずつ投げ込み、手を合わせてから下山してきたのだった。

翌平成二十九（二〇一七）年の三月十九日には、家内と長男一家、次男父子とともに足利の大小山に登った。子どもも一緒だと、岩場で怪我をしないかと心配もするが、賑やかで一段と楽しいものだ。

五月四日には、家内と娘と双子の孫たちと、中禅寺湖畔の半月山（一七五三メートル）に登り、帰りには中禅寺湖に立ち寄った。

また五月二十一日には、平成十九（二〇〇七）年に亡くなった弟の嫁さんとその長男とともに那須の朝日岳に登ってきた。年初に「今年はお義兄さんに、どこか山に連れていってほしいです」という賀状をもらったので、実行に移したのである。

ウグイスがさえずり続け、小彼岸桜も咲いて、対岸の茶臼岳も見事なたたずまい。天国の弟も、私たちの山登りを目を細めて眺めていてくれただろうか。

七月九日、家内とともに帝釈山から田代山《たしろやま》（一九七一メートル）を経て、田代湿原を一周してきた。帝釈山は尾瀬国立公園の一角にある。東北自動車道を西那須野塩原で降り、奥塩原から会津・檜枝岐《ひのえまた》を経て登り口の馬坂峠に着く。アクセスが不便で時間がかかるうえに、川俣檜枝岐林道は曲がりくねっているだけでなくデコボコしているため、家内は車に酔ってしまった。

登るにつれて、ゴゼンタチバナ、イワカガミ、イワハゼ、ハクサンシャクナゲなどの花が迎えてくれ、ウグイス、アカショウビン、ミソサザイ、メボソムシクイなどのさえずりも聞こえてくる。湿度が高く、帝釈山山頂（二〇六〇メートル）から見える日光連山、燧ヶ岳、至仏山、平ケ岳、会津駒ヶ岳、高原山などの山々も輪郭がやっと見える程度である。

しかし田代山から田代湿原まで来ると、湿原一帯に真っ白なワタスゲが広がり、その中にちらほらとニッコウキスゲ、タテヤマリンドウ、サラサドウダンが咲き、そそっかしいコバイケイソウもいくつか咲き始めている。チングルマは盛りを過ぎて、風車のような花後の綿毛が風に揺れている。

田代湿原自体は一周約五十分。天空の楽園といった風情であったが、八月には黄金色のキンコウカで埋め尽くされるという。

今回私と家内がたどった馬坂峠からの登山ルートは、往復にちょっとだけ時間がかかるので、逆コースの猿倉登山口から田代湿原を往復する人が多い。私たちは田代湿原までの往復に五時間十分かかったが、猿倉登山口を利用すれば三時間半程度で田代湿原往復が可能と思われる。一方、小山と登山口を車で往復するのに、七時間四十分かかった。アクセスが不便なのである。

これまで家内と登った山は茶臼岳や朝日岳、浅間隠山、半月山、荒船山など、一四〇〇～一九〇〇メートル級の山であった。今回の帝釈山と田代山は、家内にとっては初めての二〇〇〇メートル峰だったわけで、平成二十九（二〇一七）年は、天空の楽園にも出会った記念すべき年になったと思われる。

この年は結局、三十二回登った。

●アウトドア派の私が骨粗鬆症⁉

平成三十（二〇一八）年に入っても、私は元気に山に登り続けた。足利の行道山《ぎょうどうさん》や中禅寺湖畔の半月山と社山、日光の鈴ヶ岳と丹勢山、群馬県と長野県の境界にある湯ノ丸山《ゆのまるやま》、新潟県の平標山《たいらっぴょうやま》、栃木県の姥ヶ平、群馬県の稲含山《いなふくみやま》……。

この年は登山の回数は四十二回に達した。月に三、四回登っていたことになる。

そして年が明けた平成三十一（二〇一九）年、七十五歳のとき、ついに私の身体の老化が露わになった。

二月下旬から三月初旬にかけて、急に激しい腰痛と背部痛が押し寄せてきて、立ち上がることさえ困難になったのだ。癌による骨転移でも生じたのか？　あるいは尿管結石などでここまで痛むことはあるのだろうか？　などと考えながら息子の大二先生に相談してみた。

次男の大二は東邦大学医学部を卒業し、内科医として新小山市民病院に勤務していたのだが、前年の五月に我が永山医院を引き継ぎ、院長になった。義父から受け継いだバトンを無事次世代の次男に渡せて、私は肩の荷が下りた思いであった。院長となった大二は、週に一度水曜日のみ新小山病院で診療を続け、その日は長年診てきた私の患者さんのために、私が永山医院の診察を引き受けていた。

三月六日の水曜日、大二が外来を担当している新小山市民病院を受診し、採血検査や造影剤を使ってのＣＴ検査などを受けた。その結果、肝腎機能や腫瘍マーカー、貧血、尿所見などには格別異常を認めなかったが、骨粗鬆症《こつそしょうしょう》が想像以上に進んでいて骨はスカスカ、脊椎側弯、椎体変形、脊椎すべり症などが見られ、これらをベースとした脊柱管狭窄症《きょうさくしょう》が痛みの背景にあることが判明した。いつ転んでも骨折する危険性が高い状態に陥っていたのだった。

これには驚いた。二十五歳から十年間、日本アルプスをはじめ、あちこちの山に登り続け、その後およそ三十年間山奥での渓流釣りに興じ、平成二十三（二〇一一）年秋からまた山に登り始めた、いわゆるアウトドア派の私が骨粗鬆症？　信じられない思いだった。リュックを背負って年に三十～四十回登山してきたのがやりすぎだったのか。あるいは、七十五歳という年齢には勝てないということなのか――。愕然とした。

思い返せば二年前の四月下旬、榛名山系の一二〇〇メートル峰を二つ登ったところで雷が鳴り始め、雨も降り始めて、二つの山を駆け下りたことがあった。あれ以来何度も坐骨神経痛に悩まされてきたが……。あの坐骨神経痛は、今回の骨粗鬆症による症状の始まりだったのであろう。

すでに変形した骨は元に戻せないから、圧迫されている神経症状もなくせないだろう。うーむ、せめてこれ以上悪化しないように、対処していかなければならない。早速、ビタミンDとカルシウム剤を朝夕内服し、ビスホスホネート剤と牛乳摂取を心がけ、同時にストレッチ運動を加えていくことを決心した。

問題は登山の程度や頻度をどうするかである。少なくとも三時間を超える山は極力避けよう、登山の回数も減らさざるを得ないだろうと考えた。

これに伴い、私がその年の最大の目標にしていた、四十年ぶりの八ヶ岳登山（最高峰赤岳・二八九九メートル）は、はかない夢と散った。

それでもめげずに四月二十日、群馬の三ツ岩岳《みついわだけ》（一〇三二メートル）に家内とともに登った。アカヤシオツツジを求めての山行である。アカヤシオツツジは別名赤城ツツジとも呼ばれているだけに、群馬県にはアカヤシオツツジで有名な山がいくつもある。三ツ岩岳もそのひとつであるが、山と溪谷社『群馬県の山』で〝危険度※2〟と位置付けられているだけに、滑落しないように注意すべき箇所も数箇所ある。家内が音をあげないか心配しつつ登ったが、よくがんばって山頂までたどりついた。群馬県のアカヤシオツツジは背の低い木が多い。

四月二十八日に登った栃木県の月山《がっさん》（霧降高原の先にある標高一二八七メートルの山）もアカヤシオツツジの名所で、こちらは樹高一〇メートルぐらいの木がたくさんあり、スケールの大きい眺望なのだが、ちょっと早く来すぎた。例年訪れる人の話では五月三日あたりが最高の時期になるのだそうで、一週間ばかり早かったようだ。

その教訓を踏まえて五月十七日に中禅寺湖畔の半月山（一七五三メートル）に登った。一週間前の五月十日に登ってみたときは、一六〇〇メートル付近はまだツボミの状態だったのだが五月十七日は大当たり。満開になっており、半月山展望台から半月峠まで下りて、また登りなおして展望台周辺のアカヤシオツツジを堪能してきた。アカヤシオツツジのピンクの色はほれぼれするほど美しい——。私の好きな芙蓉の花と比べても遜色ない。

六月一日には八方ヶ原《はっぽうがはら》に登ってきた。八方ヶ原は栃木県北部にある高原山の南側の斜面に位置し、レンゲツツジ、アカヤシオツツジ、シロヤシオツツジ、トウゴクミツバツツジ、ヤマツツジなどの名所である。

私はシロヤシオツツジを見たくて登ったのだが、トウゴクミツバツツジもまったく同時期に咲き誇っており、両者のコラボレーションに酔いしれた。特に大入道から大入道分岐の間が素晴らしかった。

痛みの強い背中から腰のあたりを両手で押さえながら登ったのだが、その甲斐はあった。ホトトギス、ウグイス、ツツドリ、コマドリ、シジュウカラなどがさえずり、満足の往復四時間であった。

六月六日には、中禅寺湖畔の高山（一六六八メートル）に登った。ここもシロヤシオツツジの名所に数えられている。竜頭ノ滝から登り始めるが、山頂まではツツジはごく少ない。山頂から中禅寺湖へ下っていく登山道沿いに、シロヤシオツツジがけっこう咲いていて、トウゴクミツバツツジやシャクナゲも所々で見かけた。まあまあ満足できたが、八方ヶ原に比べれば感動はやや落ちる。

だが、ここから選んだコースがよかった。高山山頂から中禅寺湖へ下りていく途中の無名峠（熊窪分岐）から右折し、小田代ケ原《おだじろがはら》に向かって下り、石楠花橋《しゃくなげ》を目指す。カラマツの新緑が美しく、キツツキのドラミングが林の中にこだまして、まるで夢の世界である。で、石楠花橋に出くわすと、奥日光・湯ノ湖から流れる湯川にぶつかり、さらに湯川に沿って下っていくと、高山の登り口だった竜頭ノ滝にたどりつくことができる。その区間がとても美しいのだった。

湯川は日本のフライフィッシングのメッカとして有名で、私もずいぶん前に釣りに行ったことがあった。今回の六月初旬は花たちが素晴らしいのであった。延々と続く紅紫色のミツバツツジと溪流の風情や、朱色のヤマツツジと溪流の風景がなんとも素晴らしく、何枚も写真を撮った。計四時間の山行。これが入梅前の最後の山行となった。

翌日の六月七日に、関東地方の梅雨入りが発表されたのだった。梅雨に入ってからは山には登らなかった。見晴らしがよくなくては登ってもつまらない。熱中症になっても大変だ。なので夏場は山に登らず、山奥での渓流釣りを楽しむことにした。

八月末までに那珂川本流と支流、合わせて五回渓流に入った。山登りと渓流釣りの時間あたりの疲労度はほとんど同じだ。渓流の中を歩くときは、川底の石が滑りやすくバランスを崩して転びやすいので、大いに注意が必要だ。

山ほど景観を楽しむことはできないが、きれいな水の中を歩き、そこに棲む美しい魚を釣る興奮は捨てがたいものがある。幻の魚と呼ばれるイワナ、渓流の女王と呼ばれるヤマメ、どちらも大きな満足感をもたらしてくれる。

秋からはまた登山を楽しみ、十月十日には、茶臼岳の裏にある、紅葉の名所姥ヶ平に向かった。一番の見頃の時期とあって混雑していたが、紺碧の空に見事な紅葉が映えて、最高の一日となった。

骨粗鬆症が発覚したとはいえ、令和に元号が改まったこの年、三十九回も山に登れたのは嬉しいかぎりであった。

そして骨粗鬆症も、ビタミン剤や薬の服用、牛乳の摂取、ストレッチなどを続けた結果、七月中旬には腰痛や背部痛はいくぶん楽になり、骨粗鬆症の程度がわかる血清ＮＴＸ値も改善してきたのであった。

●心筋梗塞を乗り越えて

翌令和二（二〇二〇）年も、精力的に山に登った。天気予報で関東地方は太陽マークだったので、一月十一日、張り切って群馬県の稲含山《いなふくみやま》（一三七〇メートル）に向かった。午前十一時頃までは曇り空で、展望がまるで期待できない状態だったのだが、十一時半から太陽が出始め、十二時直前には浅間山や八ヶ岳が見え始めた。

標高一一〇〇メートルあたりで小鳥が飛んできて、木の枝にとまりながらツピーツピーと鳴き、木の枝をつついていた。目を凝らして眺めていると、それはシジュウカラでかわいかった。

標高一二〇〇メートルあたりから登山道が凍っていて、アイゼンを装着しなければならなかった。土曜日にもかかわらず、山で出会ったのは七十歳くらいの父親と四十歳くらいの息子の一組だけだった。

晴れていて気持ちよかったので、頂上では防寒具を着て一時間ほど双眼鏡で景色を眺めた。中央アルプスや北アルプスも見えたが、ちょっと霞んでいて、かろうじて槍ヶ岳や鹿島槍ヶ岳を確認できただけだ。男体山や日光白根山、雪の浅間山も見えた。

一月三十日には雪の浅間山を近くで見たくなり、東側に向かい立つ浅間隠山（一七五七メートル）に登った。

小山市あたりは一月二十六〜二十八日は雨だったが、浅間隠山は雪だったらしく、一三二〇メートルの登山口からアイゼンを必要とした。

雪と氷の登山道――。前年の十二月に大小山登山で左膝を捻挫し、まだ治りきっていなかったので、ふだん以上に注意深く登り下りを心がけたが、なぜか息切れが激しかった。登山開始は十時二十分、山頂到着が十二時二十分と二時間かかり、下りにも一時間半かかってしまった。

山頂に着いたときには浅間山の頂上付近には雲がかかっていて、最高の雪景色をシャッターに収めることはできなかったが、それなりに迫力は十分だった。山で出会った人は五人だけ。私を含めて、六人がこの日、この山に登ったのだった。

そして、二月十五日土曜日の午後十一時頃、インターネットで囲碁対局を楽しんでいるときに左の肩がこり、とても辛くなった。対局をやめて居間に戻ったが、ひどい肩こりは続き、うつ伏せになって家内に指圧してもらっても楽にならなかった。そのままうつ伏せの状態で午前一時ごろまで横になっていたが改善せず、風呂に入って布団にもぐろうと考えた。

今年は暖冬で庭の雑草がだいぶ伸び始め、毎朝草むしりをしていたので肩がこってしまったのだろうとしか、その時点では考えなかった。風呂に入っても肩こりは楽にならなかったので、鎮痛剤を飲んで布団に入った。翌朝起きるとずいぶん楽になっていた。

その日の午後一時から医師会の囲碁同好会が開かれ、世話役の一人である私は医師会事務室で対局を始めた。二局目を打っているときに胸部不快感と肩こりが始まり、三局目に日本棋院のプロから指導碁を受けている最中、左前胸部に締めつけられるような痛みが続き、左の肩こりも我慢できないほどになり、息を吸うのも苦しくなってきた。

そばで眺めていた寺内先生が、「永山先生、具合が悪そうですね。以前僕の対局相手の顔が蒼白になり、心筋梗塞だったことがあります。僕がついていきますから、目の前にある新小山市民病院に行ってみましょう」と声をかけてくれた。私は痛くてたまらない左の前胸部を右手で押さえつけながら、午後五時頃、寺内先生の後ろをよろよろと市民病院まで歩いていった。

心電図を確認した循環器科の佐藤先生は、直ちに緊急心臓カテーテル検査を決断してくれた。やはり、心筋梗塞だったのだ。直ちに血栓除去術とステント留置術に踏み切るとのことで、午後五時半頃から始まった心臓カテーテル検査と施術は、一時間二十分ぐらいで終了した。術後一時間くらいで、胸の痛みは十分の一ぐらいまで軽くなり、二～三時間後にはほぼ消失した。肩こりは翌朝の九時頃に改善した。

前年の骨粗鬆症に続き、心筋梗塞とは――。アウトドア派の私がなぜ？　タバコも吸わず、これといった基礎疾患もないのに。信じられない思いだった。

だが七十六歳という年齢を考慮すれば、特に不思議はない。運動によって筋力は増強できても、骨や血管の老化は食い止められないということなのだろう。

前年は三十九回山に登った。その前の年は四十二回、今年の一月だって四回山に登り、うち二回はアイゼンを装着して雪と氷の登り下りをやってきたのに。だが、そうか。一月三十日の浅間隠山のときはずいぶん息切れしたっけ……。あれが前兆だったのか。

そのまま入院し、治療の二日後からリハビリが始まった。ストレッチ、屈伸運動に始まり、三日目には五〇メートル歩行、四日目には二〇〇メートル歩行へ。歩行距離を徐々に伸ばしていき、自転車こぎも追加された。術後八日の心臓エコーではＥＦ（左室駆出率）

が六〇％近くまで回復していた。

今回のアクシデントは危なかった。病識がなかった私は、下手すればまた無茶をして、早晩息を引き取ることになっていたかもしれない。一月三十日の浅間隠山登山にしても、息切れがひどかったが、よく無事に行って帰ってこられたものだ。

寺内先生がすぐ気づいて病院に連れていってくれたこと、日曜日の夕方なのに循環器科の佐藤先生がいてすぐに緊急の検査と治療に踏み切ってくれたこと。これらのおかげで命拾いできた。実に幸運だった。助けていただいた命を大事にしていきたい。

二月二十八日に退院、家の門をくぐると三本の紅梅がほころび、足元には黄色のフクジュソウとクロッカスが咲いていた。生還できた、と思った。小太郎と風子が大喜びで出迎えてくれた。彼らを連れて、家内と思川まで散歩に行ってきた。

三月十九日には再入院し、左回旋枝基部の閉塞個所の血栓除去術と追加のステント留置を受けた。四時間で施術は終了した。佐藤先生のお話では、まだ末梢の方々に狭窄箇所があるので完全ではないが、八〇～九〇％程度は治療できたと思うとのことであった。本当にありがたいことである。

三月二十一日に退院し、二十三日からリハビリウォーキングを再開した。はじめは五キロを歩くのに六十六分かかったが徐々にスピードを上げていき、三月三十日には五十五分で、四月九日には五十三分で歩けるようになった。

そしてついに、四月十六日から山登りを再開した。はじめは低い三毳山（二三〇メートル）からスタートし、四月二十五日に大小山（三一四メートル）、五月二日には霧降高原の奥にある月山（一二八七メートル）へとレベルを上げていった。

この月山登山を機に今春のアカヤシオツツジ観賞の旅へ、と弾む気持ちで出かけたのだが、月山での花芽の数は前年と比べると半分にも満たなかった。五月十七日には中禅寺湖畔の半月山（一七五〇メートル前後）に登ってみたが、案じていたとおり、花芽の数は月山に似て前年の四分の一程度だった。この原因はわからなかった。

でも、ウグイスやヒガラがさえずっていたし、中禅寺湖の水は風に波立っていたし、男体山や女峰山は所々に雪を残して堂々とそびえていたので、まあまあ満足した。帰りに戦《せん》場ケ原《じょうがはら》まで足を延ばしてみたら、落葉松の新芽が黄緑色に出始めており、心が洗われる思いがした。

こうしてまた例年のように、あちこちの山に登り始めた。そして関東地方は六月十一日に入梅になった。梅雨の間は、渓流釣りに向かうことになる。

六月十九日から七月三十一日までに六回、イワナ・ヤマメを釣りに行き、合計四十五匹を釣りあげた。溪流釣りは岩がゴロゴロしている沢を登りながら釣り上がっていくので、負荷は山登りに劣らない。むしろ滑らないように神経を使いつつ水中を上り下りするため、山登りよりも全身の筋肉を使う。

だが、美しい流れを眺め、水の流れる音を聞きながら釣竿を振っていくのは、心洗われる作業だ。また釣れたときの興奮と喜びはたまらないものがある。

釣ってきたヤマメやイワナは、家内に調理してもらうのだが、一番気に入っているのは何度も言うが南蛮漬けだ。冷蔵庫で三日ほど冷やすと魚に味が染みわたり、身も引き締まってシコシコとおいしくなる。一緒に漬けた玉ねぎも一段と美味になるのである。

七月二十五日には板室温泉の裏手を流れる湯川の源流に入った。湯川源流のもっと水源を探ると沼ッ原湿原あたりの谷間になる。

三十五年くらい前にこの湯川源流域を探索し、大きなイワナを二十匹ぐらい釣ったことがあって、ここは私の秘密の釣り場のひとつだったが、今回の遡行は二十年ぶりだった。

この源流域には人家は一軒もない。したがって驚くほどの清流である。かつてこの谷間には砂防ダムが三、四個造られ、そのため魚の移動は限られているので、魚影は少なかった。一度釣ったら、次回は五年ぐらいの時間をおかなければならないのだった。

三十年ほど前の秋分の日、初代ブルドッグのポコを車に乗せて那須に向かう途中、ポコは熱中症にかかり、車の中で息を引き取った。死去したポコをこの谷間まで乗せてきて、清拭した後、近くの土手に埋めた。後日「愛犬ポコ　ここに眠る」と墓標を立てたのだった。

今回、久しぶりにこの川に釣りに来てみた。最初小さなイワナが二匹釣れたが放流した。そのとき突然ポコの声が頭の中に響いた。

「お父さん、私のことを忘れていなかったのですね。嬉しい……。今日はきれいなイワナを一匹だけ釣らせてあげますね」

それから二十分後に美しい二二センチのイワナが釣れた。細かい雨が降り始めた。納竿する寸前にもう一匹、二三センチのイワナが釣れたが、これも大変美しかった。

この沢に来ることはもうないだろう。とても思い出深い釣行になった。

骨粗鬆症や心筋梗塞に見舞われ、大きな山に登るのは難しくなったが、これが人生だ。これからは春の花、夏場の渓流釣り、秋の紅葉、冬の雪景色を楽しみながら、年齢に合わせて無理なく自然を味わっていこうと考える今日この頃である。

第六章　猛禽類に魅せられて

ある日、山でハヤブサを見かけ、その雄々しく美しい姿に魅了された。そこから新たな旅が始まった。「猛禽類になぜこだわるのか？　猛禽類の魅力はどこにあるのか？」と聞かれたことがある。五十年来の友人にも「冷酷なハンターを直視できることにあるのか？」と聞かれた。私は「激しく厳しい強さの中にある、孤高の美しさかなあ」と答えた。滅びゆくものの美しさ、といえるのかもしれない。

●ついにオオタカの姿をとらえる

令和三（二〇二一）年二月二十五日、家内とともに足利の大小山に登った。ちょうど一か月前にも家内とこの山に登り、ハヤブサを見たのだった。家内が木の枝にとまっているハヤブサを見つけ、飛び立つ姿まで目撃したのである。胸元が白く、鍵型のくちばしをもったハヤブサ――、茶色のトンビとは明らかに異なる美しい姿だった。

そのハヤブサが、この日も上空を飛んでいた。山頂近くでカメラを構えていた広瀬さんという六十六歳の男性に尋ねてみると、彼は三年前からこのハヤブサを追って写真を撮り続けているという。ハヤブサはつがいで、春にはヒナも生まれていることも知った。

ここから私たち夫婦の猛禽類を追う旅が始まった。

週に数回、大小山に登ってハヤブサを探す。三月十四日に記念すべき写真を、なんとデジカメで撮影できた。つがいのハヤブサが空を舞っている。ハヤブサが飛ぶスピードは半端ではない。まるで戦闘機のようだ。シャッターを十回押して、写っていたのはたった一枚だったが、十分に満足だった。

私はハヤブサのとりこになってしまった。四月一日、三日と立て続けにハヤブサが岩場から飛び立つ姿を撮ることができ、超満足。

ところが、四月九日の午前中に家内と大小山に登っていたときに、前述の広瀬さんに出会い、オオタカとサシバの話を聞いた。オオタカもサシバもワシ・タカ科を代表する猛禽類だ。佐野市の赤見《あかみ》の山の中にオオタカがいるらしく、唐沢山《からさわやま》にはサシバが飛ぶらしい。私の目は一気に数倍に見開かれたことであったろう。

大小山を下りたその足で、家内を誘って赤見の山に向かった。家内は疲れたと言うので、私は車を降りて約二時間、赤見の山の周りをグルグル歩き回った。おおよその見当をつけてこの日は家に帰り、四月十一日には再び家内を誘って赤見の山を歩き回った。家内は目がよい。とあるアカマツの十五メートルほど樹上に、たくさんの枝が積まれた塊があった。

「お父さん、あれは大きな鳥の巣じゃないの？」

そう言われて目を凝らすと、直径一二〇センチくらいの巣だ。私は四月十三日からそこに張り付くことにした。だけど、ハヤブサも見たいしサシバも探したい……。そんなわけで午前中赤見の山を見張ったら、午後は大小山に行くか唐沢山に行くかを選ぶことにした。水曜日は診療がある。なので、水曜以外の日で、雨が降っていなければ山に行くのが日課になった。

で、私はデジカメに限界を感じ、四月十九日に一眼レフのキヤノンEOS kiss X10を購入した。二五〇ミリだった。購入したからといってすぐ使いこなせるわけではない。何度も失敗を繰り返しながら、少しずつよい写真を撮れるようになっていくものだ。また、猛禽類を見るのが目的ではあるが、山を歩くのだから目に入った花にも注意を向けた。

こうして二週間を経過した四月二十八日、ついにオオタカの姿をとらえた。わずかの時間だったし、木陰で薄暗かったが腹部の縞模様も確認でき、オオタカに間違いないと確信した。

四月三十日には家内を誘って赤見の山に行ったが、一時間半待ってもオオタカは現れなかった。家内を山の中に四時間も五時間も座らせるのは気がとがめたので、オオタカを待つのは諦めた。そして大小山の麓に回って、絶滅危惧種として騒がれ始めた和ランのキンランとギンランを、おまけにホタルカズラを家内に見せた。家内は喜んで自分のスマホでこれらの花を撮ったのである。

それから唐沢山に向かった。家内は目がよい。サシバが蛇をぶら下げて飛んでくるのを見つけてくれたので、私はすかさずカメラにとらえた。私のなかでは会心の出来だ。

猛禽類を撮るときも小鳥を撮るときも、ふだんから鳥たちの鳴き声を勉強しておくのは非常に有益で、鳴き声を耳にしてから姿を確認できることが多いのだ。ちなみに、サシバは「ピックイ～」と鳴くことが多く、オオタカは「カ～、カッカッカッカ」とか「キ～キッキッキッキ」と鳴くことが多い。

五月九日には宇都宮に住む三男がハヤブサを見たいといって小山まで来た。すぐに大小山に登った。このとき、ハヤブサが飛び立つ瞬間を正面から撮れた。

五月十三日にはカメラのレンズを新たに買った。今度は六〇〇ミリまでのＺＯＯＭだ。これでだいぶ大きく被写体をとらえられる。

満足できる動物の写真を撮るには、情熱と忍耐と幸運が必要だとつくづく思う。どれが欠けてもうまくはいかない。なかでも大切なのは忍耐だ。四時間も五時間も、木や石になったつもりで山の中にじっとしていると、鳥たちも気を許してくれるかもしれない。そういう意味では、鳥の写真を撮るのはイワナやヤマメを釣るのに似ている。いわゆる「木化け」「石化け」だ。

そしてついに五月十四日、満足できるオオタカの写真を撮れた。樹上にとまるオオタカを正面からとらえたのだ。三時間張り付いて、この瞬間に出会えたのだった。四月九日からこの日まで一か月以上、合計四十時間以上張り付いてきた甲斐があった。

ところで、猛禽類の最大の敵は人間だと指摘する人たちがいる。開発の名のもとに猛禽類は住む場所をどんどん奪われ、農薬を使われた結果、食物連鎖の頂点にいる彼らの体内に濃縮された毒が巡り始め、命を早く落とすことにつながっているという。

ちなみにオオタカは昭和五十九（一九八四）年の調査で日本全国で四百羽とされ、平成七（一九九五）年、希少野生動植物種（わかりやすくいえば絶滅危惧種）に指定されて、各地に「オオタカを守る会」が設置された。ゴルフ場の開発や、丘陵をならすニュータウンの建設や、産廃場の増設などに指導勧告がなされたり、現在では太陽光発電などにも指導勧告がなされることもあるという。

その成果か、平成二十（二〇〇八）年の調査では五千八百羽に増えたことが報告され、平成二十九（二〇一七）年に絶滅危惧種からオオタカが外されたという。絶滅危惧種から外されたのはルリカケスに次いで二例目だそうだ。

なお、ハヤブサは平成五（一九九三）年に、サシバは平成十八（二〇〇六）年に絶滅危惧種に指定されている。

●季節とともに鳥たちも巡る

五月二十八日、私は家内とともに塩谷《しおや》の鬼怒川《きぬがわ》河川敷を訪ねた。インターネットで、県内でハヤブサを見ることができる場所を探して塩谷に見当をつけ、塩谷で開業している友人に連絡してその場所を調べてもらったのだった。

もうすぐ巣立ちを迎える四羽のハヤブサの幼鳥たちが羽ばたく姿は、神々しいまでに美しかった。展覧会にでも出品できそうな無垢《むく》な美しさ――。感動した。私たちはこの場所から三時間離れられなかった。

六月一日は、小山の思川河畔にハヤブサ科のチョウゲンボウを観察しに行った。チョウゲンボウは、ハヤブサを一回りか二回り小さめにした猛禽類だが美しい。繁殖はもう終盤に近づいていて、カメラマンも少なくなっていたようだが、諦めずに粘ってカメラにとらえることができた。五日にはチョウゲンボウのホバリングも観察できた。親がヒナにバッタやスズメやネズミをくわえてきたりした。必死の子育てに感心するしかなかった。

六月十日からは、チョウゲンボウと並行して、ワシ・タカ科では最も小型のツミと、やはり猛禽類に属するフクロウたちをも観察し始めた。どれもが形態も習性も異なり、私は魅入られたように突き進んでいくしかなかった。ヒナを抱くツミと、羽ばたきの練習をするヒナの様子を、写真に収めた。

フクロウは「森の哲学者」とか「森の忍者」とか呼ばれているが、むべなるかな。活動は暗くなった夕方から朝方までで、日中は木陰や葉陰にじっと留まっていて動かない。見つけるのは容易ではないが、見つけさえすれば動かないから、写真を撮るのはそう難しくはない。こちらが歩き回って樹上を探っていくほかない。

一方、ツミのヒナはどんどん成長していった。ツミは全長三一センチとされていて、鳩よりも少し小さいが、写真に撮って拡大してみると、五〇センチを超えるオオタカによく似ていて、猛禽類の特徴をあますところなく現出している。

幼鳥が巣立っていくと、親鳥も姿を消す。七月末で猛禽類の姿はほとんど見られなくなった。また、フクロウ類も八月五日以降は目撃しにくくなった。それに代わって姿を現すようになったのは水鳥たちだ。八月十二日に水鳥を見に行くと、池には蓮の花が咲いていた。八月末頃にはサギやシギ、カワセミなどを探して、カメラを向けた。

だが、猛禽類も秋を迎えると再び動き始める。数百から数千のサシバが上昇気流に乗って南へと渡っていく。これは〝タカ柱〟と呼ばれている。九月二十日前後の晴れた日に見られることが多いとインターネットで調べて、その頃に三回ほど埼玉の皇鈴山を訪れたが、空振りに終わった。サシバはほとんど姿を見せなかった。

タカ柱は諦め、次の目標はミサゴだ。ミサゴは主に海辺を飛ぶ大型のタカであるが、秋になると大きな川の中流域へと飛んでくる。空中でホバリングして水中に飛び込み、魚をとらえる日本で唯一の猛禽類といわれている。

ミサゴは館林の多々良沼《たたらぬま》や小山の思川にもときどき姿を見せるが、利根川まで足を延ばせば、ミサゴの水中ダイビングを見る機会がぐんと増える。私は十月十日から十一月十日までの一か月間に利根川に十回通い、水中ダイビングして見事魚をつかんだミサゴの写真を撮影できた。

ミサゴのダイビングはその後も続くが、十一月になるとラムサール条約に登録されている渡良瀬《わたらせ》遊水地に、タカ科のチュウヒ・ハイイロチュウヒ、コウノトリなどがやってくるし、十二月になるとコミミズクやハクチョウもやってくる。十二月二十日以降は中禅寺湖にオジロワシやオオワシもやってくる。今度はそちらの撮影に忙しくなってしまうのだ。

●冬の鳥も存在感抜群！

コウノトリは世界では二千〜三千羽と推定されているが、日本では一九七〇年代に一度絶滅した。その後中国やロシアから贈られて以降、手厚く保護されており、絶滅危惧種のトップクラスに位置付けられている。

努力が実り、平成三十（二〇一八）年に、飼育されている百羽と自然界に放たれている百四十四羽を合わせて二百四十四羽と報告され、令和三（二〇二一）年では九十四羽と二百十七羽を合わせて三百十一羽になったことが報告されている。

コウノトリは大きいし、くちばしは黒く脚は赤く長い、それに加えて羽の先が黒っぽい。存在感がある！

またフクロウ科に属する冬鳥、コミミズクは夕方を待たず、午後二時過ぎから動き出すことが多い。カメラマンにとっては助かるだけではなく、とてもかわいく、虹彩が黄色いのも印象的だ。鳩《はと》より少し大きく、羽が長く、ひらひらと草原を飛び回り、ネズミをとらえて丸呑みする。

冬の鳥ではハクチョウも素晴らしい。十一月二十五日に群馬県のガバ沼でハクチョウを確認できた。ハクチョウはオオハクチョウとコハクチョウに大別されるが、どちらも相当大きいので、大きさだけでは鑑別しにくい。

見分けるには、くちばし先端部の黒色部と黄色部の形体に目をつける必要がある。羽ばたきは素晴らしいし、飛ぶときに水面を走りながら上昇していく様は航空機の離陸を思わせる。三月三日にハクチョウたちは次々に飛び去っていった。いわゆる北帰行であった。

令和三（二〇二一）年の最後を飾るのは、日本最大の猛禽類のオジロワシとオオワシだ。彼らはアメリカのハクトウワシと並んで海ワシ類と呼ばれる。カラフト北部、オホーツク海沿岸地方やカムチャッカで繁殖し、冬鳥として日本に南下する。主な越冬地は北海道であるが、その中のごく少数が中禅寺湖や遠くは琵琶湖まで遠征する。

海ワシ類と呼ばれる所以は、通常流氷や湾港に飛んで魚を狙い、弱った水鳥やアザラシなどをとらえる点にある。飢えたときと繁殖期には海鳥やカラスを食べ、子鹿やキツネを襲うこともあるという。羽を広げるとオジロワシで二二〇センチ、オオワシが二四〇センチと本に記載されている。

私は中禅寺湖で十二月二十三日にオジロワシ、二十五日・二十九日・年明けの一月八日・二月四日にオオワシの撮影に成功した。

まとめると十二月二十日～二月十日までの五十日間に、中禅寺湖に十回通い、うち五回は日本最大の猛禽類に会えたのであった。

だが決して楽ではなかった。中禅寺湖周辺は常に五〇センチ前後の雪が積もっていたし、寒風が吹くときはさすがに厳しく、着ぶくれするほど衣類を重ねたうえにホカロンを何枚も使用した。カメラを持つ手が凍えるので手袋を三枚重ね、手袋の内側には小さなホカロンを二枚ずつ押し込んだ。シャッターを押さなければならないので、手袋の親指と人差し指の先端をハサミで切り取った。

おおよそ朝の九時から午後二時ごろまで湖畔に座り、鳥が来るのを待ち続ける。鳥が飛んできたらすぐシャッターを押せるように、カメラはいつも構えていた。カメラマンは私一人か、多い日でも私を含めて五人程度だった。若い男性カメラマンが私の近くに来た日もあったが、彼は「がんばりますねえ、車を降りるとき外気温を見たら、零下十五度でしたよ」と言って、一時間ほどで帰っていった。

一度だけ家内を連れていったが、家内は三十分ほどで車の中に戻っていった。晴れていても風花が舞い、時折突風が吹きつけ、寒さに震えた。

「六日間連日通ってきたのに、まだ一度もオオワシを見ていない」と話してくれたカメラマンがいたから、私は相当に幸運だったのだろう。

●カメラを構え続けて激写

令和四（二〇二二）年に入った頃、足尾の山にクマタカが出ると、鳥友達の窪田さんから連絡がきた。一月十五日、富弘美術館の先で落ち合い、彼の車の後を追って銀山平への道に入っていった。

「この辺でクマタカが現れることが多いので、待つことにしましょう」とのことであったが、なんと車を降りてすぐにピチュピチュピチュという鳥の声が聞こえた。

窪田さんが言った。

「クマタカの声だ。先生、早くカメラを持ってこっちに来てください！」

カラスが二羽、一羽のクマタカに左右からチョッカイをかけていて、クマタカが怒っている様子である。クマタカが向かっていくとカラスたちは逃げる。それを追うようにクマタカは空を飛ぶ。

窪田さんによると「クマタカを追いかけているカメラマンたちでも、こんな光景に出くわした人はまずいない。永山さんは何か持ってるものがあるに違いない」とのことで、私は何かを持っているらしい（?）

クマタカは森の王者ともいわれる大型のタカで、絶滅危惧1B類に記載されている。一年以上鳥観察を続けている私は、ハヤブサ、オオタカ、クマタカこそ最も魅力的なタカと感じている。

興奮した私は、それを静めるように翌々日の十七日に太平山の麓まで香りのよいロウバイを見に行き、その足で太平山の晃石山《てるいしさん》と青入山《あおいりさん》に登ってきた。

その後も、一月十八日にはツンドラ地帯から越冬のため日本に来たケアシノスリを、二月二十五日には大小山に登ってハヤブサを撮った。

さらに五月二～十八日まで、十回フクロウを観察し、ヒナも含めて写真もたくさん撮ったが、フクロウは活動性があまりない。

その点、同じフクロウ科のトラフズクはフクロウより小さいが活動的で、しかもフクロウより長時間姿を見せてくれるので、追いかける私にとってはこちらのほうが面白い。ちなみにフクロウは全長約五〇センチ、トラフズクは約三八センチだ。

四月十七日～七月七日までたっぷり時間をかけて、渡良瀬遊水地で、トラフズクを十三回観察した。幼鳥の撮影にも成功した。

並行して、佐野市の山に五月二十五日～六月二十八日まで約一か月通って、オオタカを観察し、十二回撮影できた。ヒナが成長していく過程も観察し続けた。やはりオオタカの迫力と美しさは群を抜いている。

六月二日、私はカメラを買い替えた。もう少し精緻な写真を撮りたくなったのである。キヤノンのEOS R5に一〇〇―五〇〇ミリZOOMレンズを付けてもらった。

だが、使い方がまるで理解できない。そこで、半年前に中禅寺湖でオオワシを撮るときに知り合った、アマチュアカメラマンとしては最高峰に属すると思われる方に、コアジサシを撮りながら、手取り足取り教えてもらった。そのおかげで各段に腕が上がったと感謝している。もっとも彼にはこう嘆かれてしまった。

「何回教えても覚えが悪い。俺はもう疲れましたよ。もっと勉強してくださいよ！」

コアジサシは猛禽類ではなくカモメ科に属する、体長二五〜二八センチのスマートな鳥で、白い羽が長く美しい、すっかり魅了されて、五月の終わり頃から八月初旬まで、三十回も、谷中湖や利根川、鬼怒川に通い続けることになった。

谷中湖で水中にダイビングして魚をくわえる姿や、羽を広げて素晴らしい速さで飛ぶ美しい姿を、私はカメラに収めたのである。

そうこうしているうちに季節は巡り、秋本番を迎えた。十月二十一日には、利根川にダイビングして大きな魚をとらえて上空に飛び立つミサゴを撮れた。顔貌も迫力があり、長い翼も美しい。

約一か月後の十一月十六日には、渡良瀬でコウノトリの飛翔を見ることができた。コウノトリは大きく、飛ぶ姿はなんとも美しい。このシーズン中はコウノトリを追いかけ続け、大きなフナやナマズや七〇センチほどの蛇を丸呑みする姿も目にした。

十一月二十四日には群馬県まで出かけてクマタカを撮った。私は平成二十七（二〇一五）年に、単身で奇岩・奇峰などの岩峰群で知られる、群馬県の表妙義や裏妙義を縦走したが、妙義山にはクマタカが姿を見せることが多い。今回も四回妙義山を訪ね、紅葉深まる中腹で、ついにクマタカの撮影に成功したのだった。

晩秋でかなりの寒さだったが、数時間カメラを構え続けた甲斐があった。

十一月二十七日、中禅寺湖で日本最大の猛禽類・オオワシを撮影できた。私のほかに八人のカメラマンが湖畔に集まっていたが、皆さんは三脚にカメラを取りつけ、湖を眺めつつおしゃべりにも夢中だった。

私は彼らから三〇メートルくらい離れたところで、ただ一人双眼鏡で湖と大空を眺め続け、ついにオオワシが湖面を低く飛ぶ姿を見つけた。

「皆さん、来ましたよ！」

彼らは慌ててカメラに駆け寄った。オオワシは湖に浅く飛び込み、大きめの魚をつかまえて、再び青空へと飛び上がった。

自分が撮った写真はどれも思い出深いものだが、そのときの写真は、私の二年半に及ぶ鳥撮影の頂点に位置付けられるものと感じている。何人かのカメラマンから「声をかけていただいてありがとうございました」とお礼の言葉をもらった。

オオワシが中禅寺湖まで南下してくるのは、私の観察では十一月末から翌年の二月十日までだ。この間に出かけると、運がよければ素晴らしい光景に出会えるかもしれない。その後もコミミズクやハイイロチュウヒ、サシバ、チョウゲンボウなどを撮影してまわった。

令和五（二〇二三）年五月、通常東南アジアに生息しているタカ科の珍鳥・マダラチュウヒが姿を現した。一生に一度のチャンスだと鳥仲間から連絡を受け、五月二十一日、渡良瀬に出かけた。ここに飛んできたのは十年ぶりとも三十年ぶりともいわれ、渡良瀬には車とカメラマンが集結していた。関東だけでなく、東北からも関西からも人が押し寄せ、広くはない車道は車で身動きがとれないほど混雑していた。

マダラチュウヒは、背中に船の錨を思わせるマークがついているのが特徴だ。無事撮影に成功。当初は三、四日でいなくなるだろうと噂されていたが、渡良瀬が気に入ったらしく、七月中旬になってもまだとどまっていた。

六月十七日には「那須どうぶつ王国」に家内と出かけた。「バードパフォーマンス」は面白かった。ダルマワシオウム、ワシミミズク、ニシオオノスリ、ヨーム、ハクトウワシ、ハヤブサ、コンゴウインコなどを見ることができた。

飼育員によくなついていて、コンゴウインコは舞台の上空を一周、二周と飛んでくれ、赤や青の色彩も美しく、見ごたえがあった。

また、ハクトウワシとハヤブサは、谷の向こう側の山から舞台に向かって飛んでくるので迫力がある。ハクトウワシは本州では見られない。多くはアラスカ州やカナダの河川・沿岸部に生息しており、日本では、真冬の国後や釧路に迷子が姿を見せる程度だ。頭部が白く威厳に満ちた精悍《せいかん》な顔つきで、羽を広げると二メートルを超え、時速一〇〇キロで空を飛ぶとされている。

この年の七月上旬～中旬、猛烈な暑さが襲来した。私はサシバの幼鳥と成鳥を連日追いかけていたのだが、三十七度の暑さにはまいった。鳥を見つけるのとカメラに収めるのとで、だいたい三～五時間張り続けるのだが、熱中症に陥る危険がある。

八十歳を迎えようとしていた私は、ここでやめようと決心し、七月十五日にカメラを処分した。こうして、二年半に及ぶ私の探鳥と鳥撮影は終わりを告げたのである。

終わりに

昨年の十二月半ばにフレンチブルドッグの小太郎が亡くなった。犬猫霊園で火葬してもらうため、亡骸を抱いて車に乗せようとしたとき、うっかりつまずいて転んでしまった。小太郎を傷つけてはいけないと思い、とっさに体をひねったところ、したたかに尾てい骨を打ちつけた。あまりの痛みにひびが入ったのではないかと思ったが、そうであったとしてもくっつくのを待つしかなく、なんとか歩けていたこともあり、受診はしなかった。

それから二か月半ほど安静にして、食べては寝て、食べては寝て、という日々を送っていると、ぐっと楽になったのはいいが、糖尿病の入り口に来てしまった。

これはいかんと、三月一日からウォーキングと山登りを解禁した。久しぶりに山に登り、爽快な気分になった。やはり私は根っからのアウトドア派なのだろう。

そして、この令和六（二〇二四）年三月末をもって、私は完全にリタイアした。七十五歳のとき、永山医院を次男・大二に承継し、それ以降、週に一度水曜日のみ診療していたのだが、それも退き、八十歳にしてまったくの隠居生活に入ったのだ。といっても、登山と溪流釣り、囲碁はまだまだ現役だが――。

私が古希を迎えたときは、四人の子どもたちの発案で、みんなそろって草津温泉に泊まりがけで出かけ、祝ってもらった。

今回も私の完全リタイアをねぎらうため、子どもたちが「ご苦労さん会」を開いてくれるという。優しい親孝行な子どもたちと、かわいい六人の孫たちに恵まれ、なんとありがたく幸せなことだろう。

そして最後になったが、思い立ったら猪突猛進の私を、半ば呆れながらも支え続けてくれた妻に、心から感謝の意を表したい。

本当に、本当にありがとう！　これからもよろしく。

令和六年九月吉日

永山　巖

著者プロフィール

永山 巖（ながやま いわお）

昭和18年10月4日　宮城県生まれ
昭和37年3月　仙台第一高等学校卒業
昭和44年3月　東北大学法学部卒業
昭和44年4月～52年3月　全日本空輸(株)勤務
昭和58年3月　帝京大学医学部卒業
昭和58年4月～平成2年3月　自治医科大学附属病院勤務
平成2年4月　永山病院院長
平成30年5月、次男に永山医院院長を承継

■資格
昭和44年3月　法学士
平成元年12月　日本内科学会認定内科専門医試験合格
平成5年3月　医学博士（自治医科大学）
平成13年1月　日本棋院アマ六段（囲碁）

犬と自然は、生涯の友

2024年12月15日　初版第1刷発行

著　者　永山 巖
発行者　瓜谷 綱延
発行所　株式会社文芸社
〒160-0022　東京都新宿区新宿1－10－1
電話　03-5369-3060（代表）
03-5369-2299（販売）

印刷所　株式会社フクイン

ISBN978-4-286-25720-4